I0652934

Todos los libros de Linkgua Ediciones cuentan con modelos de Inteligencia Artificial entrenados por hispanistas. Pregúntale al chat de tu libro lo que desees acerca de la obra o su autor/a.

Para ebooks: Accede a nuestro modelo de IA a través de este enlace.

Para libros impresos: Escanea el código QR de la portada con tu dispositivo móvil.

Obtén análisis detallados de nuestros libros, resúmenes, respuestas a tus preguntas y accede a nuestras ediciones críticas generativas para una experiencia de lectura más enriquecedora.
La transparencia y el respeto hacia la autoría de las fuentes utilizadas son distintivos básicos de nuestro proyecto. Por ello, las respuestas ofrecen, mediante un sistema de citas, las fuentes con las que han sido elaboradas.

Miguel de Cervantes Saavedra

Viaje al Parnaso

Barcelona 2024
Linkgua-ediciones.com

Créditos

Título original: Viaje al Parnaso.

© 2024, Red ediciones S.L.

e-mail: info@linkgua.com

Diseño de cubierta: Michel Mallard.

ISBN tapa dura: 978-84-1126-325-2.
ISBN rústica: 978-84-9816-868-6.
ISBN ebook: 978-84-9897-088-3.

Sumario

Brevísima presentación

La vida

Miguel de Cervantes Saavedra (Alcalá de Henares, 1547-Madrid, 1616). España.

Era hijo de un cirujano, Rodrigo Cervantes, y de Leonor de Cortina. Se sabe muy poco de su infancia y adolescencia. Aunque se ha confirmado que era el cuarto entre siete hermanos. Las primeras noticias que se tienen de Cervantes son de su etapa de estudiante, en Madrid.

A los veintidós años se fue a Italia, para acompañar al cardenal Acquaviva. En 1571 participó en la batalla de Lepanto, donde sufrió heridas en el pecho y la mano izquierda. Y aunque su brazo quedó inutilizado, combatió después en Corfú, Ambarino y Túnez.

En 1584 se casó con Catalina de Palacios, no fue un matrimonio afortunado. Tres años más tarde, en 1587, se trasladó a Sevilla y fue comisario de abastos. En esa ciudad sufrió cárcel varias veces por sus problemas económicos y hacia 1603 o 1604 se fue a Valladolid, allí también fue a prisión, esta vez acusado de un asesinato. Desde 1606, tras la publicación del Quijote, fue reconocido como un escritor famoso y vivió en Madrid.

Una guerra de libros y poemas

Publicado en 1614, este relato en verso cuenta el viaje al monte Parnaso de Cervantes y los mejores poetas españoles. Cervantes, montado en una mula, recorre lugares reales y míticos junto a los mejores poetas españoles.

7

Tras pasar por Madrid, la comitiva llega a Valencia, y asistidos por Mercurio, se hacen a la mar con destino al Parnaso en un barco hecho de versos. En el viaje avistan Génova, Roma y Nápoles y consiguen cruzar el terrible estrecho de Mesina. Ya en el Parnaso, tras un breve descanso, entablan combate con el ejército de los malos poetas utilizando como munición libros y poemas.

DIRIGIDO
A DON RODRIGO DE TAPIA,
CABALLERO DEL HABITO DE SANTIAGO, &C.
PUBLÍCANSE AHORA DE NUEVO UNA TRAGEDIA
Y UNA COMEDIA INÉDITAS DEL MISMO CERVAN-
TES: AQUELLA INTITULADA LA NUMANCIA: ESTA
EL TRATO DE ARGEL

EN MADRID POR «DON ANTONIO DE SANCHA»
AÑO DE M. DCCLXXXIV

Se hallará en su Librería en la «Aduana Vieja»
«Con las Licencias necesarias.»

«A don Rodrigo de Tapia, caballero del hábito de Santiago, hijo del señor don Pedro de Tapia, oidor del consejo
real, y consultor del Santo oficio de la inquisición suprema.»
Dirijo a Vm. este Viaje que hice al Parnaso, que no desdi-
ce a su edad florida, ni a sus loables y estudiosos ejercicios.
Si Vm. le hace el acogimiento que yo espero de su condición
ilustre, él quedará famoso en el mundo, y mis deseos pre-
miados. Nuestro Señor, &c.
«Miguel de Cervantes Saavedra.»

Prólogo

AL LECTOR.

Si por ventura, Lector curioso, eres poeta, y llegare a tus manos (aunque pecadoras) este Viaje, si te hallares en él escrito, y notado entre los buenos poetas, da gracias a Apolo por la merced que te hizo; y si no te hallares, también se las puedes dar. Y Dios te guarde.

Don Augustini de Casanate Rojas

EPIGRAMA

Excute cæruleum, proles Saturnia, tergum,
Verbera quadrigæ sentiat alma Tetys.
Agmen Apollineum, nova sacri injuria ponti;
Carmineis ratibus per freta tendit iter.
Proteus æquoreas pecudes, modulamina Triton
Monstra cavos latices obstupefacta sinunt.
At caveas tantæ torquent quæ mollis habenas,
Carmina si excipias nulla tridentis opes.
Hesperiis Michaël claros conduxit ab oris
In pelagus vates. Delphica castra petit.
Imó age, pone metus, mediis subsiste carinis,
Parnassi in littus vela secunda gere.

Capítulo I

Un quidam caporal Italiano,
De patria Perusino a lo que entiendo,
De ingenio Griego, y de valor Romano,

Llevado de un capricho reverendo,
Le vino en voluntad de ir a Parnaso,
Por huir de la corte el vario estruendo.

Solo y a pie partióse, y paso a paso
Llegó donde compró una mul antigua
De color parda, y tartamudo paso:

Nunca a medroso pareció estantigua
Mayor, ni menos buena para carga,
Grande en los huesos, y en la fuerza exigua:

Corta de vista, aunque de cola larga,
Escrecha en los hijares, y en el cuero
Mas dura que lo son los de una adarga.

Era de ingenio cabalmente entero,
Caía en cualquier cosa fácilmente
Así en Abril, como en el mes de Enero.

En fin sobre ella el poetón valiente
Llegó al Parnaso, y fue del rubio Apolo
Agasajado con serena frente.

Contó, cuando volvió el poeta solo
Y sin blanca a su patria, lo que en vuelo

Llevó la fama deste al otro polo.

Yo que siempre trabajo y me desvelo
Por parecer que tengo de poeta
La gracia, que no quiso darme el cielo:

Quisiera despachar a la estafeta
Mi alma, o por los aires, y ponella
Sobre las cumbres del nombrado Oeta.

Pues descubriendo desde allí la bella
Corriente de Aganipe, en un saltico
Pudiera el labio remojar en ella:

Y quedar del licor suave y rico
El pancho lleno: y ser de allí adelante
Poeta ilustre, o al menos magnifico.

Mas mil inconvenientes al instante
Se me ofrecieron, y quedó el deseo
En cierne, desvalido, e ignorante.

Porque en la piedra que en mis hombros veo,
Que la fortuna me cargó pesada,
Mis mal logradas esperanzas leo.

Las muchas leguas de la gran jornada
Se me representaron que pudieran
Torcer la voluntad aficionada,

Si en aquel mismo instante no acudieran
Los humos de la fama a socorrerme,

Y corto y fácil el camino hicieran.

Dije entre mí: si yo viniese a verme
En la difícil cumbre deste monte,
Y una guirnalda de laurel ponerme;

No envidiaría el bien decir de Aponte,
Ni del muerto Galarza la agudeza,
En manos blando, en lengua Radamonte.

Mas como de un error siempre se empieza,
Creyendo a mi deseo, di al camino
Los pies, porque di al viento la cabeza.

En fin sobre las ancas del destino,
Llevando a la elección puesta en la silla
Hacer el gran viaje determino.

Si esta cabalgadura maravilla,
Sepa el que no lo sabe, que se usa
Por todo el mundo, no solo en Casulla.

Ninguno tiene, o puede dar excusa
De no oprimir desta gran bestia el lomo,
Ni mortal caminante lo rehúsa.

Suele, tal vez ser tan ligera, como
Va por el aire el águila, o saeta,
Y tal vez anda con los pies de plomo.

Pero para la carga de un poeta,
Siempre ligera, cualquier bestia puede

Llevarla, pues carece de maleta.

Que es caso ya infalible, que aunque herede
Riquezas un poeta, en poder suyo
No aumentarlas, perderlas le sucede.

Desta verdad ser la ocasión arguyo,
Que tú, o gran padre Apolo, les infundes
En sus intentos el intento tuyo.

Y como no le mezclas ni confundes
En cosas de agibilibus rateras,
Ni en el mar de ganancia vil le hundes;

Ellos, o traten burlas, o sean veras,
Sin aspirar a la ganancia en cosa,
Sobre el convexo van de las esferas:

Pintando en la palestra rigurosa
Las acciones de Marte, o entre las flores
Las de Venus más blanda y amorosa.

Llorando guerras, o cantando amores
La vida como en sueño se les pasa,
O como suele el tiempo a jugadores.

Son hechos los poetas de una masa
Dulce, suave, correosa y tierna,
Y amiga del hogar de ajena casa.

El poeta más cuerdo se gobierna
Por su antojo baldío y regalado,

De trazas lleno, y de ignorancia eterna.

Absorto en sus quimeras, y admirado
De sus mismas acciones, no procura
Llegar a rico, como a honroso estado.

Vayan pues los leyentes con lectura,
cual dice el vulgo mal limado y bronco,
Que yo soy un poeta desta hechura.

Cisne en las canas, y en la voz un ronco
Y negro cuervo, sin que el tiempo pueda
Desbastar de mi ingenio el duro tronco:

Y que en la cumbre de la varia rueda
Jamás me pude ver solo un momento,
Pues cuando subir quiero, se está queda.

Pero por ver si un alto pensamiento
Se puede prometer feliz suceso,
Seguí el viaje a paso tardo y lento.

Un candeal con ocho mis de queso
Fue en mis alforjas mi repostería,
Útil al que camina, y leve peso.

A dios dije a la humilde choza mía,
A dios, Madrid, a dios tú, prado, y fuentes
Que manan néctar, llueven ambrosía.

A dios, conversaciones suficientes
A entretener un pecho cuidadoso,

Y a dos mil desvalidos pretendientes.

A dios, sitio agradable y mentiroso,
Do fueron dos gigantes abrasados
Con el rayo de Júpiter fogoso.

A dios teatros públicos, honrados
Por la ignorancia que ensalzada veo
En cien mil disparates recitados.

A dios de S. Felipe el gran paseo,
Donde si baja, o sube el Turco galgo,
Como en gaceta de Venecia leo.

A dios, hambre sutil de algún hidalgo,
Que por no verme ante tus puertas muerto,
Hoy de mi patria, y de mi mismo salgo.

Con esto poco a poco llegué al puerto,
A quien los de Cartago dieron nombre,
Cerrado a todos vientos y encubierto.

A cuyo claro y singular renombre
Se postran cuantos puertos el mar baña,
Descubre el Sol, y ha navegado el hombre.

Arrojose mi vista a la campaña
Rasa del mar, que trujo a mi memoria
Del heroico Don Juan la heroica hazaña.

Donde con alta de soldados gloria,
Y con propio valor y airado pecho

Tuve, aunque humilde, parte en la victoria.

Allí con rabia y con mortal despecho
El Otomano orgullo vio su brío
Hollado y reducido a pobre estrecho.

Lleno pues de esperanzas, y vacío
De temor, busqué luego una fragata,
Que efectuase el alto intento mío.

Cuando por la, aunque azul, liquida plata
Vi venir un bajel a vela y remo,
Que tomar tierra en el gran puerto trata.

Del más gallardo, y más vistoso extremo
De cuantos las espaldas de Neptuno
Oprimieron jamás, ni más supremo.

Cual este nunca vio bajel alguno
El mar, ni pudo verse en el armada,
Que destruyó la vengativa Juno.

No fue del Vellocino a la jornada
Argos tan bien compuesta y tan pomposa,
Ni de tantas riquezas adornada.

Cuando entraba en el puerto la hermosa
Aurora por las puertas del oriente,
Salía en trenza blanda y amorosa.

Oyose un estampido de repente,
Haciendo salva la real galera,

Que despertó y alborotó la gente.

El son de los clarines la ribera
Llenaba de dulcísimo armonía,
Y el de la chusma alegre y placentera.

Entrabanse las horas por el día,
A cuya luz con distinción más clara
Se vio del gran bajel la bizarría.

Ancoras echa, y en el puerto para,
Y arroja un ancho esquife al mar tranquilo
Con música, con grita y algazara.

Usan los marineros de su estilo,
Cubren la popa con tapetes tales
Que es oro, y sirgo de su trama el hilo.

Tocan de la ribera los umbrales,
Sale del rico esquife un caballero
En hombros de otros cuatro principales.

En cuyo traje y ademán severo
Vi de Mercurio al vivo la figura,
De los fingidos dioses mensajero.

En el gallardo talle y compostura,
En los alados pies, y el Caduceo,
Símbolo de prudencia y de cordura;

Digo, que al mismo paraninfo veo,
Que trujo mentirosas embajadas

A la tierra del alto coliseo.

Vile, y apenas puso las aladas
Plantas en las arenas venturosas
Por verse de divinos pies tocadas:

Cuando yo revolviendo cien mil cosas
En la imaginación, llegué a postrarme
Ante las plantas por adorno hermosas.

Mandóme el dios parlero luego alzarme,
Y con medidos versos y sonantes,
Desta manera comenzó a hablarme:

¡O Adán de los poetas, o Cervantes!
¿Qué alforjas y qué traje es este, amigo?
Que así muestra discursos ignorantes.

Yo, respondiendo a su demanda, digo:

Señor, voy al Parnaso, y como pobre
Con este aliño mi jornada sigo.

Y él a mí dijo: o sobrehumano, y sobre
Espíritu Cilenio levantado!
Toda abundancia, y todo honor te sobre.

Que en fin has respondido a ser soldado
Antiguo y valeroso, cual lo muestra
La mano de que estás estropeado.

Bien sé que en la Naval dura palestra

Perdiste el movimiento de la mano
Izquierda, para gloria de la diestra.

Y sé que aquel instinto sobrehumano
Que de raro inventor tu pecho encierra,
No te le ha dado el padre Apolo en vano.

Tus obras los rincones de la tierra,
Llevándolas en grupa Rocinante,
Descubren, y a la envidia mueven guerra.

Pasa, raro inventor, pasa adelante
Con tu sutil designio, y presta ayuda
A Apolo; que la tuya es importante:

Antes que el escuadrón vulgar acuda
De más de veinte mil sietemesinos
Poetas, que de serlo están en duda.

Llenas van ya las sendas y caminos
Desta canalla inútil contra el monte,
Que aun de estar a su sombra no son dinos.

Ármate de tus versos luego, y ponte
A punto de seguir este viaje
Conmigo, y a la gran obra disponte.

Conmigo segurísimo pasaje
Tendrás, sin que te empaches, ni procures
Lo que suelen llamar matalotaje.

Y porque esta verdad que digo, apures,

Entra conmigo en mi galera, y mira
Cosas con que te asombres y asegures.

Yo, aunque pensé que todo era mentira,
Entré con él en la galera hermosa,
Y vi lo que pensar en ello admira.

De la quilla a la gavia, o extraña cosa!
Toda de versos era fabricada,
Sin que se entremetiese alguna prosa.

Las ballesteras eran de ensalada
De glosas, todas hechas a la boda
De la que se llamó Malmaridada.

Era la chusma de romances toda,
Gente atrevida, empero necesaria,
Pues a todas acciones se acomoda.

La popa de materia extraordinaria,
Bastarda, y de legítimos sonetos,
De labor peregrina en todo, y varia.

Eran dos valentísimos tercetos
Los espaldares de la izquierda y diestra,
Para dar boga larga muy perfetos.

Hecha ser la crujía se me muestra
De una luenga y tristísima elegía,
Que no en cantar, sino en llorar es diestra.

Por esta entiendo yo que se diría

Lo que suele decirse a un desdichado,
Cuando lo pasa mal, pasó crujía.

El árbol hasta el cielo levantado
De una dura canción prolija estaba
De canto de seis dedos embreado.

El, y la entena que por él cruzaba
De duros estrambotes, la madera
De que eran hechos claro se mostraba.

La racamenta, que es siempre parlera,
Toda la componían redondillas,
Con que ella se mostraba más ligera.

Las jarcias parecían seguidillas
De disparates mil y más compuestas,
Que suelen en el alma hacer cosquillas.

Las rumbadas, fortísimas y honestas
Estancias, eran tablas poderosas,
Que llevan un poema y otro a cuestas.

Era cosa de ver las bulliciosas
Banderillas que al aire tremolaban,
De varias rimas algo licenciosas.

Los grumetes, que aquí y allí cruzaban,
De encadenados versos parecían,
Puesto que como libres trabajaban.

Todas las obras muertas componían

O versos sueltos, o sextinas graves,
Que la galera más gallarda hacían.

En fin con modos blandos y suaves,
Viendo Mercurio que yo visto havia
El bajel, que es razón, lector, que alabes,

Junto a sí me sentó, y su voz envía
A mis oídos en razones claras,
Y llenas de suavísima armonía,

Diciendo: entre las cosas que son raras
Y nuevas en el mundo y peregrinas,
Verás, si en ello adviertes y reparas.

Que es una este bajel de las más dinas
De admiración, que llegue a ser espanto
A naciones remotas y vecinas.

No le formaron maquinas de encanto,
Sino el ingenio del divino Apolo,
Que puede, quiere, y llega, y sube a tanto.

¡Formóle, o nuevo caso! para solo
Que yo llevase en él cuantos poetas
Hay desde el claro Tajo hasta Pactolo.

De Malta el gran Maestre, a quien secretas
Espías dan aviso que en oriente
Se aperciben las bárbaras saetas;

Teme, y envía a convocar la gente

Que sella con la blanca cruz el pecho,
Porque en su fuerza su valor se aumente.

A cuya imitación Apolo ha hecho
Que los famosos vates al Parnaso
Acudan, que está puesto en duro estrecho.

Yo, condolido del doliente caso,
En el ligero casco, ya instruido
De lo que he de hacer, aguijo el paso.

De Italia las riberas he barrido,
He visto las de Francia y no tocado,
Por venir solo a España dirigido.

aquí con dulce y con felice agrado
Hará fin mi camino a lo que creo,
Y seré fácilmente despachado.

Tú, aunque en tus canas tu pereza veo,
Serás el paraninfo de mi asunto,
Y el solicitador de mi deseo.

Parte, y no te detengas solo un punto,
Y a los que en esta lista van escritos
Dirás de Apolo cuanto aquí yo apunto.

Sacó un papel, y en él casi infinitos
Nombres vi de poetas, en que havia
Yangueses, Vizcaínos, y Coritos.

allí famosos vi de Andalucía,

Y entre los Castellanos vi unos hombres,
En quien vive de asiento la poesía.

Dijo Mercurio: quiero que me nombres
Desta turba gentil, pues tú lo sabes,
La alteza de su ingenio con los nombres.

Yo respondí: de los que son más graves
Diré lo que supiere, por moverte
A que ante Apolo su valor alabes.

El escuchó. Yo dije desta suerte.

Capítulo II

Colgado estaba de mi antigua boca
El dios hablante; pero entonces mudo,
Que al que escucha, el guardar silencio toca.

Cuando di de improviso un estornudo,
Y haciendo cruces por el mal agüero,
Del gran Mercurio al mandamiento acudo,

Miré la lista, y vi que era el primero
El Licenciado JUAN DE OCHOA, amigo
Por poeta y cristiano verdadero.

Deste varón en su alabanza digo
Que puede acelerar y dar la muerte
Con su claro discurso al enemigo.

Y que si no se aparta y se divierte
Su ingenio en la Gramática Española,
Será de Apolo sin igual la suerte;

Pues de su poesía al mundo sola
Puede esperar poner el pie en la cumbre,
De la inconstante rueda, o varia bola.

Este que de los cómicos es lumbre,
Que el Licenciado POYO es su apellido,
No hay nube que a su Sol claro deslumbre.

Pero como está siempre entretenido
En trazas, en quimeras, e invenciones,

No ha de acudir a este marcial ruido.

Este que en lista por tercero pones:

Que HIPÓLITO se llama de VERGARA,
Si llevarle al Parnaso te dispones,

Haz cuenta que en él llevas una jara,
Una saeta, un arcabuz, un rayo,
Que contra la ignorancia se dispara.

Este, que tiene como mes de Mayo
Florido ingenio, y que comienza ahora
A hacer de sus comedias nuevo ensayo,

GODÍNEZ es. Y estotro que enamora
Las almas con sus versos regalados,
Cuando de amor ternezas canta o llora,

Es uno, que valdrá por mil soldados,
Cuando a la extraña y nunca vista empresa
Fueren los escogidos y llamados:

Digo que es don FRANCISCO, el que profesa
Las armas y las letras con tal nombre,
Que por su igual Apolo le confiesa.

Es de CALATAYUD su sobrenombre.
Con esto queda dicho todo cuanto
Puedo decir con que a la envidia asombre.

Este que sigue es un poeta santo,

Digo famoso: MIGUEL CID se llama,
Que al coro de las musas pone espanto.

Estotro que sus versos encarama
Sobre los mismos hombros de Calisto,
Tan celebrado siempre de la fama,

Es aquel agradable, aquel bien quisto,
Aquel agudo, aquel sonoro y grave
Sobre cuantos poetas Febo ha visto:

Aquel que tiene de escribir la llave
Con gracia y agudeza en tanto extremo,
Que su igual en el orbe no se sabe:

Es don LUIS DE GÓNGORA, a quien temo
Agraviar en mis cortas alabanzas,
Aunque las suba al grado más supremo.

O tú, divino espíritu, que alcanzas
Ya el premio merecido a tus deseos,
Y a tus bien colocadas esperanzas:

Ya en nuevos y justísimos empleos,
Divino HERRERA, tu caudal se aplica,
Aspirando del cielo a los trofeos.

Ya de tu hermosa Luz clara y rica
El bello resplandor miras seguro
En la que alma tuya beatifica:

Y arrimada tu yedra al fuerte muro

De la inmortalidad, no estimas cuanto
Mora en las sombras deste mundo oscuro.

Y tú don JUAN DE JÁUREGUI, que a tanto
El sabio curso de tu pluma aspira,
Que sobre las esferas le levanto:

Aunque Lucano por tu voz respira,
Déjale un rato, y con piadosos ojos
A la necesidad de Apolo mira:

Que te están esperando mil despojos
De otros mil atrevidos, que procuran
Fértiles campos ser, siendo rastrojos.

Y tú, por quien las musas aseguran
Su partido, don FÉLIX ARIAS, siente,
Que por su gentileza te conjuran:

Y ruegan que defiendas desta gente
Non sancta su hermosura, y de Aganipe
Y de Hipocrene la inmortal corriente.

¿Consentirás tú a dicha participe
Del licor suavísimo un poeta,
Que al hacer de sus versos sude y hipe?

No lo consentirás, pues tu discreta
Vena abundante y rica, no permite
Cosa que sombra tenga de imperfeta.

Señor, este que aquí viene se quite,

Dije a Mercurio, que es un chacho necio,
Que juega, y es de sátiras su envite.

Este sí que podrás tener en precio,
Que es ALONSO DE SALAS BARBADILLO,
A quien me inclino y sin medida aprecio.

Este que viene aquí, si he de decillo,
No hay para que le embarques, y así puedes
Borrarle. Dijo el dios: gusto de oíllo.

Es un cierto rapaz, que a Ganímedes
Quiere imitar, vistiéndose a lo godo,
Y así aconsejo que sin él te quedes.

No lo harás con éste dese modo,
Que es el gran LUIS CABRERA, que pequeño
Todo lo alcanza, pues lo sabe todo.

Es de la historia conocido dueño,
Y en discursos discretos tan discreto,
Que a Tácito verás, si te le enseño.

Este que viene es un galán, sujeto
De la varia fortuna a los vaivenes,
Y del mudable tiempo al duro aprieto.

Un tiempo rico de caducos bienes,
Y ahora de los firmes e inmudables
Mas rico, a tu mandar firme le tienes.

Pueden los altos riscos siempre estables

Ser tocados del mar, mas no movidos
De sus ondas en cursos variables.

Ni menos a la tierra trae rendidos
Los altos cedros Boreas, cuando airado
Quiere humillar los más fortalecidos.

Y éste que vivo ejemplo nos ha dado:
Desta verdad con tal filosofía
Don LORENZO RAMÍREZ es DE PRADO.

Deste que se le sigue aquí, diría
Que es don ANTONIO DE MONROI, que veo
En ello qué es ingenio y cortesía.

Satisfacción al más alto deseo
Puede dar de valor heroico y ciencia,
Pues mil descubro en él y otras mil creo.

Este es un caballero de presencia
Agradable, y que tiene de Torcato
El alma sin alguna diferencia.

De don ANTONIO DE PAREDES trato,
A quien dieron las musas sus amigas
En tierna edad anciano ingenio y trato.

Este que por llevarle te fatigas,
Es don ANTONIO DE MENDOZA, y veo
Cuanto en llevarle al sacro Apolo obligas.

Este que de las musas es recreo,

La gracia, y el donaire, y la cordura,
Que de la discreción lleva el trofeo:

Es PEDRO DE MORALES, propia hechura
Del gusto cortesano, y es asilo
Adonde se repara mi ventura.

Este, aunque tiene parte de Zoilo,
Es el grande ESPINEL, que en la guitarra
Tiene la prima, y en el raro estilo.

Este, que tanto allá tira la barra,
Que las cumbres se deja atrás de Pindo,
Que jura, que vocea, y que desgarra,

Tiene más de poeta que de lindo,
Y es JUSEPE DE VARGAS, cuyo astuto
Ingenio y rara condición deslindo.

Este, a quien pueden dar justo tributo
La gala y el ingenio, que más pueda
Ofrecer a las musas flor y fruto,

Es el famoso ANDRÉS DE BALMASEDA,
De cuyo grave y dulce entendimiento
El magno Apolo satisfecho queda.

Este es ENCISO, gloria y ornamento
Del Tajo, y claro honor de Manzanares,
Que con tal hijo aumenta su contento.

Este que es escogido entre millares

DE GUEVARA LUIS VÉLEZ es el bravo,
Que se puede llamar quitapesares.

Es poeta gigante, en quien alabo
El verso numeroso, el peregrino
Ingenio, si un Gnaton nos pinta, o un Davo.

Este es don JUAN DE ESPAÑA, que es más dino
De alabanzas divinas que de humanas,
Pues en todos sus versos es divino.

Este por quien de Lugo están ufanas
Las musas, es SILVEIRA, aquel famoso,
Que por llevarle con razón te afanas.

Este que se le signe, es el curioso
Gran don PEDRO DE HERRERA, conocido
Por de ingenio elevado en punto honroso.

Este, que de la cárcel del olvido.
Sacó otra vez a Proserpina hermosa,
Conque a España y al Dauro ha enriquecido,

Verasle en la contienda rigurosa,
Que se teme y se espera en nuestros días,
Culpa de nuestra edad poco dichosa,

¿Mostrar de su valor las lozanías.
Pero qué mucho, si es aqueste el doto
Y grave don FRANCISCO DE FARIAS?

Este, de quien yo fui siempre devoto

Oráculo y Apolo de Granada,
Y aun deste clima nuestro y del remoto,

PEDRO RODRÍGUEZ es. Este es TEJADA,
De altitonantes versos, y sonoros
Con majestad en todo, levantada.

Este, que brota versos por los poros,
Y halla patria y amigos donde quiera,
Y tiene en los ajenos sus tesoros,

Es MEDINILLA, el que la vez primera
Cantó el romance de la tumba oscura,
Entre cipreses puestos en hilera.

Este, que en verdes años se apresura
Y corre al sacro lauro, es don FERNANDO
BERMÚDEZ, donde vive la cordura.

Este es aquel poeta memorando,
Que mostró de su ingenio la agudeza
En las selvas de Erifile cantando.

Este que la columna nueva empieza,
Con estos dos que con su ser convienen,
Nombrarlos, aun lo tengo por bajeza.

MIGUEL CEJUDO, y MIGUEL SÁNCHEZ vienen
¡Juntos aquí, o par sin par! en estos
Las sacras musas fuerte amparo tienen.

Que en los pies de sus versos bien compuestos,

Llenos de erudición rara y doctrina,
Al ir al grave caso serán prestos.

Este gran caballero, que se inclina
A la lección de los poetas buenos,
Y al sacro monte con su luz camina,

Don FRANCISCO DE SILVA es por lo menos:
¿Qué será por lo más? O edad madura,
¡En verdes años de cordura llenos!

Don GABRIEL GÓMEZ viene aquí, segura
Tiene con él Apolo la victoria,
De la canalla siempre necia y dura.

Para honor de su ingenio, para gloria
De su florida edad, para que admire
Siempre de siglo en siglo su memoria,

En este gran sujeto se retire
Y abrevie la esperanza deste hecho,
Y Febo al gran VALDÉS atento mire.

Verá en él un gallardo y sabio pecho,
Un ingenio sutil y levantado,
Con que le deje en todo satisfecho.

FIGUEROA es estotro el Dotorado,
Que cantó de Amarili la constancia
En dulce prosa y verso regalado.

Cuatro vienen aquí en poca distancia

Con mayúsculas letras de oro escritos,
Que son del alto asunto la importancia.

De tales cuatro siglos infinitos
Durará la memoria, sustentada
En la alta gravedad de sus escritos.

Del claro Apolo la real morada
Si viniere a caer de su grandeza,
Será por estos cuatro levantada.

En ellos nos cifró naturaleza
El todo de las partes, que son dinas
De gozar celsitud, que es más que alteza.

Esta verdad, gran conde de SALINAS,
Bien la acreditas con tus raras obras,
Que en los términos tocan de divinas

Tú, el de ESQUILACHE PRÍNCIPE, que cobras
De día en día crédito tamaño,
Que te adelantas a ti mismo y sobras:

Serás escudo fuerte al grave daño,
Que teme Apolo con ventajas tantas,
Que no te espere el escuadrón tacaño.

Tú, conde de SALDAÑA, que con plantas
Tiernas pisas de Pindo la alta cumbre,
Y en alas de tu ingenio te levantas.

Hacha has de ser de inextinguible lumbre,

Que guíe al sacro monte, al deseoso
De verse en él, sin que la luz deslumbre.

Tú, el de VILLAMEDIANA, el más famoso
De cuantos entre Griegos y Latinos
Alcanzaron el lauro venturoso:

Cruzarás por las sendas y caminos
Que al monte guían, porque más seguros
Lleguen a él los simples peregrinos.

A cuya vista destos cuatro muros
Del Parnaso caerán las arrogancias
De los mancebos sobre necios duros.

O cuántas, y cuan graves circunstancias
Dijera destos cuatro, que felices
¡Aseguran de Apolo las ganancias!

Y más si se les llega el de ALCAÑICES,
Marqués insigne, harán (puesto que hay una
En el mundo no más) cinco Fenices.

Cada cual de por sí será coluna,
Que sustente y levante el edificio
De Febo sobre el cerco de la Luna.

Este (puesto que acude al grave oficio,
En que se ocupa) el lauro y palma lleva,
Que Apolo da por honra y beneficio.

En esta ciencia es maravilla nueva,

Y en la Jurispericia único y raro,
Su nombre es don FRANCISCO DE LA CUEVA.

Este, que con Homero le comparo,
Es el gran don RODRIGO DE HERRERA,
Insigne en letras, y en virtudes raro.

Este, que se le sigue es el DE VERA
Don JUAN, que por su espada y por su pluma
Le honran en la quinta y cuarta esfera.

Este, que el cuerpo y aun el alma bruma
De mil, aunque no muestra ser cristiano,
Sus escritos el tiempo no consuma.

Cayóseme la lista de la mano
En este punto, y dijo el dios: con estos
Que has referido está el negocio llano.

Haz que con pies y pensamientos prestos
Vengan aquí, donde aguardando quedo
La fuerza de tan validos supuestos.

Mal podrá don FRANCISCO DE QUEVEDO
Venir, dije yo entonces; y él me dijo:
Pues partirme sin él de aquí no puedo.

Ese es hijo de Apolo, ese es hijo
De Caliope musa, no podemos
Irnos sin él, y en esto estaré fijo.

Es el flagelo de poetas memos,

Y echará a puntillazos del parnaso
Los malos que esperamos y tememos.

O, señor, repliqué, que tiene el paso
Corto, y no llegará en un siglo entero.
Deso, dijo Mercurio, no hago caso.

Que el poeta que fuere caballero,
Sobre una nube entre pardilla y clara
Vendrá muy a su gusto caballero.

Y el que no, pregunté, ¿qué le prepara
Apolo?, ¿qué carrozas?, ¿o qué nubes?
¿Qué dromedario?, ¿o alfana en paso rara?

Mucho, me respondió, mucho te subes
En tus preguntas, calla y obedece.
Sí haré, pues no es infando lo que jubes.

Esto le respondí, y él me parece
Que se turbó algún tanto; y en un punto
El mar se turba, el viento sopla y crece.

Mi rostro entonces, como el de un difunto
Se debió de poner, y sí haría,
Que soy medroso a lo que yo barrunto.

Vi la noche mezclarse con el día,
Las arenas del hondo mar alzarse
A la región del aire, entonces fría.

Todos los elementos vi turbarse,

La tierra, el agua, el aire, y aun el fuego
Vi entre rompidas nubes azorarse.

Y en medio deste gran desasosiego
Llovían nubes de poetas llenas
Sobre el bajel, que se anegara luego,

Si no acudieran más de mil sirenas
A dar de azotes a la gran borrasca,
Que hacia el saltarel por las entenas.

Una, que ser pensé Juana la Chasca,
De dilatado vientre y luengo cuello,
Pintiparado a aquel de la tarasca,

Se llegó a mí, y me dijo: de un cabello
Deste bajel estaba la esperanza
Colgada a no venir a socorrello.

Traemos, y no es burla, a la bonanza,
Que estaba descuidada oyendo atenta
Los discursos de un cierto Sancho Panza.

En esto sosegose la tormenta,
Volvió tranquilo el mar, serenó el cielo,
Que al regañón el céfiro le ahuyenta.

Volví la vista, y vi en ligero vuelo
Una nube romper el aire claro
De la color del condensado yelo.

¡O maravilla nueva!, ¡o caso raro!

Vilo, y he de decillo, aunque se dude
Del hecho que por brújula declaro.

Lo que yo pude ver, lo que yo pude
Notar fue, que la nube dividida
En dos mitades a llover acude.

Quien ha visto la tierra prevenida
Con tal disposición, que cuando llueve,
Cosa ya averiguada y conocida,

De cada gota en un instante breve
Del polvo se levanta o sapo, o rana,
Que a saltos, o despacio el paso mueve:

Tal se imagine ver (¡o soberana
Virtud!) de cada gota de la nube
Saltar un bulto, aunque con forma humana.

Por no creer esta verdad estuve
Mil veces, pero vila con la vista,
Que entonces clara y sin legañas tuve.

Eran aquestos bultos de la lista
Pasada los poetas referidos,
A cuya fuerza no hay quien la resista.

Unos por hombres buenos conocidos,
Otros de rumbo y hampo, y Dios es Cristo,
Poquitos bien, y muchos mal vestidos.

Entre ellos parecióme de haber visto

A don ANTONIO DE GALARZA el bravo,
Gentilhombre de Apolo, y muy bien quisto.

El bajel se llenó de cabo a cabo,
Y su capacidad a nadie niega
Copioso asiento, que es lo más que alabo.

Llovió otra nube al gran LOPE DE VEGA,
Poeta insigne, a cuyo verso o prosa
Ninguno le aventaja, ni aun le llega.

Era cosa de ver maravillosa
De los poetas la apretada enjambre,
En recitar sus versos muy melosa.

Este muerto de sed, aquel de hambre:
Yo dije, viendo tantos con voz alta,
Cuerpo de mi con tanta poetambre!

Por tantas sobras conoció una falta
Mercurio, y acudiendo a remedialla,
Ligero en la mitad del bajel salta.

Y con una zaranda que allí halla,
No sé si antigua, o si de nuevo hecha,
Zarandó mil poetas de gramalla.

Los de capa y espada no desecha,
Y destos zarandó dos mil y tantos,
Que fue neguilla entonces la cosecha.

Colabanse los buenos y los santos,

Y quedabanse arriba los granzones,
Mas duros en sus versos que los cantos.

Y sin que les valiesen las razones,
Que en su disculpa daban, daba luego
Mercurio al mar con ellos a montones.

Entre los arrojados se oyó un ciego,
Que murmurando entre las ondas iba
De Apolo con un pésete y reniego.

Un sastre (aunque en sus pies flojos estriba,
Abriendo con los brazos el camino)
Dijo: sucio es Apolo, así yo viva.

Otro (que al parecer iba mohíno,
Con ser un zapatero de obra prima)
Dijo dos mil, no un solo desatino.

Trabaja un tundidor, suda, y se anima
Por verse a la ribera conducido,
Que más la vida que la honra estima.

El escuadrón nadante reducido
A la marina, vuelve a la galera
EL rostro con señales de ofendido.

Y uno por todos dijo, bien pudiera
Ese chocante embajador de Febo
Tratarnos bien, y no desta manera.

Mas oigan lo que dijo: yo me atrevo

A profanar del monte la grandeza,
Con libros nuevos, y en estilo nuevo.

Calló Mercurio, y a poner empieza
Con gran curiosidad seis camarines,
Dando a la gracia ilustre rancho y pieza.

De nuevo resonaron los clarines,
Y así Mercurio lleno de contento,
Sin darle mal agüero los delfines,

Remos al agua dio, velas al viento.

Capítulo III

Eran los remos de la real galera
De esdrújulos, y dellos compelida
Se deslizaba por el mar ligera.

Hasta el tope la vela iba tendida,
Hecha de muy delgados pensamientos,
De varios lisos por amor tejida.

Soplaban dulces y amorosos vientos,
Todos en popa, y todos se mostraban
Al gran Viaje solamente atentos.

Las sirenas en torno navegaban,
Dando empellones al bajel lozano,
Con cuya ayuda en vuelo le llevaban.

Semejaban las aguas del mar cano
Colchas encarrujadas, y hacían
Azules visos por el verde llano.

Todos los del bajel se entretenían,
Unos glosando pies dificultosos,
Otros cantaban, otros componían.

Otros de los tenidos por curiosos
Referían sonetos, muchos hechos
A diferentes casos amorosos.

Otros alfeñicados y deshechos
En puro azúcar, con la voz suave,

De su melifluidad muy satisfechos,

En tono blando, sosegado y grave,
Églogas pastorales recitaban,
En quien la gala y la agudeza cabe.

Otros de sus señoras celebraban
En dulces versos de la amada boca
Los excrementos que por ella echaban.

Tal hubo a quien amor así le toca,
Que alabó los riñones de su dama,
Con gusto grande, y no elegancia poca.

Uno cantó, que la amorosa llama
En mitad de las aguas le encendía,
Y como toro agarrochado brama.

Desta manera andaba la poesía
De uno en otro, haciendo que hablase
Este Latín, aquel algarabía.

En esto sesga la galera vase
Rompiendo el mar con tanta ligereza,
Que el viento aun no consiente que la pase.

Y en esto descubriose la grandeza
De la escombrada playa de Valencia
Por arte hermosa y por naturaleza.

Hizo luego de sí grata presencia
El gran don LUIS FERRER, marcado el pecho

De honor, y el alma de divina ciencia.

Desembarcóse el dios, y fue derecho
A darle cuatro mil y más abrazos,
De su vista y su ayuda satisfecho.

Volvió la vista, y reiteró los lazos
En don GUILLÉN DE CASTRO, que venía
Deseoso de verse en tales brazos.

CRISTÓBAL DE VIRUÉS se le seguía,
Con PEDRO DE AGUILAR, junta famosa
De las que Turia en sus riberas cría.

No le pudo llegar más valerosa
Escuadra al gran Mercurio, ni él pudiera
Desearla mejor, ni más honrosa.

Luego se descubrió por la ribera
Un tropel de gallardos Valencianos,
Que a ver venían la sin par galera.

Todos con instrumentos en las manos
De estilos y librillos de memoria,
Por bizarría y por ingenio ufanos.

Codiciosos de hallarse en la victoria,
Que ya tenían por segura y cierta,
De las heces del mundo y de la escoria.

Pero Mercurio les cerró la puerta:
Digo, no consintió que se embarcasen,

Y el porque no lo dijo, aunque se acierta.

Y fue, porque temió que no se alzasen,
Siendo tantos y tales con Parnaso,
Y nuevo imperio y mando en él fundasen.

En esto viose con brioso paso
Venir al magno ANDRÉS REY DE ARTIEDA,
No por la edad descaecido o laso.

Hicieron todos espaciosa rueda,
Y cogiéndole en medio, le embarcaron,
Mas rico de valor que de moneda.

Al momento las ancoras alzaron,
Y las velas ligadas a la entena,
Los grumetes aprisa desataron.

De nuevo por el aire claro suena
El son de los clarines, y de nuevo
Vuelve a su oficio cada cual sirena.

Miró el bajel por entre nubes Febo,
Y dijo en voz que pudo ser oída:
Aquí mi gusto y mi esperanza llevo.

De remos y sirenas impelida
La galera se deja atrás el viento,
Con milagrosa y prospera corrida.

Leíase en los rostros el contento
Que llevaban los sabios pasajeros,

Durable, por no ser nada violento.

Unos por el calor iban en cueros,
Otros por no tener godescas galas
En traje se vistieron de romeros.

Hendía en tanto las Neptúneas salas
La galera del modo como hiende
La grulla el aire con tendidas alas.

En fin llegamos donde el mar se extiende,
Y ensancha y forma el golfo de Narbona,
Que de ningunos vientos se defiende.

Del gran Mercurio la cabal persona
Sobre seis resmas de papel sentada
Iba con cetro y con real corona:

Cuando una nube, al parecer preñada,
Parió cuatro poetas en crujía,
O los llovió, razón más concertada.

Fue el uno aquel, de quien Apolo fía
Su honra, JUAN LUIS DE CASANATE,
Poeta insigne de mayor cuantía.

El mismo Apolo de su ingenio trate,
El le alabe, él le premie y recompense,
Que el alabarle yo sería dislate.

Al segundo llovido el Uticense
Catón no le igualó, ni tiene Febo,

Quien tanto por él mire, ni en él piense.

Del Contador GASPAR DE BARRIONUEVO
Mal podrá el corto flaco ingenio mío
Loar el suyo así como yo debo.

Llenó del gran bajel el gran vacío
El gran FRANCISCO DE RIOJA al punto
Que saltó de la nube en el navío.

A CRISTÓBAL DE MESA vi allí junto
A los pies de Mercurio, dando fama
A Apolo, siendo dél propio trasunto.

A la gavia un grumete se encarama,
Y dijo a voces: la ciudad se muestra
Que Génova del dios Jano se llama.

Déjese la ciudad a la siniestra
Mano, dijo Mercurio, el bajel vaya
Y siga su derrota por la diestra.

Hacer al Tíber vimos blanca raya
Dentro del mar, habiendo ya pasado
La ancha Romana y peligrosa playa.

De lejos vióse el aire condensado
Del humo, que el estrombalo vomita,
De azufre, y llamas, y de horror formado.

Huyen la isla infame, y solicita
El suave poniente, así el viaje

Que lo acorta, lo allana y facilita.

Vímonos en un punto en el paraje,
Do la nutriz de Eneas piadoso
Hizo el forzoso y ultimo pasaje.

Vimos desde allí a poco el más famoso
Monte que encierra en sí nuestro emisfero,
Mas gallardo a la vista y más hermoso.

Las cenizas de Titiro y Sincero
Están en él, y puede ser por esto
Nombrado entre los montes por primero.

Luego se descubrió, donde echó el resto
De su poder naturaleza amiga,
De formar de otros muchos un compuesto.

Vióse la pesadumbre sin fatiga
De la bella Partenope, sentada
A la orilla del mar, que sus pies liga.

De castillos y torres coronada,
Por fuerte y por hermosa en igual grado
Tenida, conocida y estimada.

Mandóme el del aligero calzado,
Que me aprestase y fuese luego a tierra
A dar a los LUPERCIOS un recado.

En que les diese cuenta de la guerra
Temida, y que a venir les persuadiese

Al duro y fiero asalto, al cierra, cierra,

Señor, le respondí, si acaso hubiese
Otro que la embajada les llevase,
Que más grato a los dos hermanos fuese,

Que yo no soy; sé bien que negociase
Mejor. Dijo Mercurio: no te entiendo,
Y has de ir antes que el tiempo más se pase.

Que no me han de escuchar estoy temiendo,
Le replique, ya si el ir yo no importa,
Puesto que en todo obedecer pretendo.

Que no sé quien me dice, y quien me exhorta,
Que tienen para mi, a lo que imagino,
La voluntad, como la vista corta.

Que si esto así no fuera, este camino
Con tan pobre recamara no hiciera,
Ni diera en un tan hondo desatino.

Pues si alguna promesa se cumpliera
De aquellas muchas, que al partir me hicieron,
Lléveme Dios si entrara en tu galera.

Mucho esperé, si mucho prometieron,
Mas podrá ser, que ocupaciones nuevas
Les obligue a olvidar lo que dijeron.

Muchos, señor, en la galera llevas,
Que te podrán sacar el pie del lodo,

Parte, y excusa de hacer más pruebas.

Ninguno, dijo, me hable dese modo,
Que si me desembarco y los envisto,
Voto a Dios, que me traiga al Conde, y todo.

Con estos dos famosos me enemisto,
Que habiendo levantado a la poesía
Al buen punto en que está, como se ha visto:

Quieren con perezosa tiranía
Alzarse como dicen a su mano
Con la ciencia que a ser divinos guía.

Por el solio de Apolo soberano
Juro... y no digo más: y ardiendo en ira
Se echó a las barbas una y otra mano.

Y prosiguió diciendo: el doctor MIRA,
Apostare, sino lo manda el Conde,
Que también en sus puntos se retira.

Señor galán, parezca: ¿a qué se esconde?
Pues a fe por llevarle, si él no gusta,
Que ni le busque, aseche, ni le ronde.

¿Es esta empresa acaso tan injusta,
Que se esquiven de hallar en ella cuantos
Tienen conciencia limitada y justa?

¿Carece el cielo de poetas santos?
¿Puesto que brote a cada paso el suelo

Poetas, que lo son tantos y tantos?

¿No se oyen sacros himnos en el cielo?
¿La arpa de David allá no suena,
Causando nuevo accidental consuelo?

Fuera melindres, y cese la entena,
Que llegue al tope, y luego obedeciendo
Fue de la chusma sobre buenas buena.

Poco tiempo pasó, cuando un ruido
Se oyó, que los oídos atronaba,
Y era de perros áspero ladrido.

Mercurio se turbó, la gente estaba
Suspensa al triste son, y en cada pecho
El corazón más valido temblaba.

En esto descubrióse el corto estrecho,
Que Scila, y que Caribdis espantosas,
Tan temeroso con su furia han hecho.

Estas olas que veis presuntuosas
En visitar las nubes de contino,
Y aun de tocar el cielo codiciosas.

Venciólas el prudente peregrino
Amante de Calipso, al tiempo cuando
Hizo, dijo Mercurio, este camino.

Su prudencia nosotros imitando,
Echaremos al mar en que se ocupen,

En tanto que el bajel pasa volando.

Que en tanto que ellas tasquen, roan, chupen
Al mísero que al mar ha de entregarse,
Seguro estoy que el paso desocupen.

Miren si puede en la galera hallarse
algún poeta desdichado acaso,
Que a las fieras gargantas pueda darse.

Buscaronle, y hallaron a LOFRASO,
Poeta militar Sardo, que estaba
Desmayado a un rincón marchito y laso:

Que a sus diez libros de Fortuna, andaba
Añadiendo otros diez, y el tiempo escoge,
Que más desocupado se mostraba.

Gritó la chusma toda: al mar se arroje,
Vaya Lofraso al mar sin resistencia.

Por Dios, dijo Mercurio, que me enoje.

¿Cómo? y no será cargo de conciencia
¿Y grande echar al mar tanta poesía?
¿Puesto que aquí nos hunda su inclemencia?

Viva Lofraso, en tanto que dé al día
Apolo luz, y en tanto que los hombres
Tengan discreta alegre fantasía.

Tocante a ti, o Lofraso, los renombres,

Y epítetos de agudo y de sincero,
Y gusto que mi comitre te nombres.

Esto dijo Mercurio al caballero,
El cual en la crujía en pie se puso
Con un rebenque despiadado y fiero.

Creo que de sus versos le compuso,
Y no sé como fue, que en un momento,
O ya el cielo, o Lofraso lo dispuso,

Salimos del estrecho a salvamento
Sin arrojar al mar poeta alguno,
Tanto del Sardo fue el merecimiento.

Mas luego otro peligro, otro importuno
Temor amenazó, sino gritara
Mercurio, cual jamás gritó ninguno.

Diciendo al timonero: a orza, para,
Amáinese de golpe, y todo a un punto
Se hizo, y el peligro se repara.

Estos montes que veis que están tan juntos,
Son los que Acroceraunos son llamados,
De infame nombre, como yo barrunto.

Asieron de los remos los honrados,
Los tiernos, los melifluos, los godescos;
Y los de a cantimplora acostumbrados.

Los fríos los asieron y los frescos,

Asiéronlos también los calurosos,
Y los de calzas largas y greguescos.

Del sopraestante daño temerosos,
Todos a una la galera empujan,
Con flacos y con brazos poderosos.

Debajo del bajel se somormujan
Las sirenas que dél no se apartaron,
Y a sí mismas en fuerzas sobrepujan.

Y en un pequeño espacio la llevaron
A vista de Corfú, y a mano diestra
La isla inexpugnable se dejaron.

Y dando la galera a la siniestra
Discurría de Grecia las riberas,
Adonde el cielo su hermosura muestra.

Mostrábanse las olas lisonjeras,
Impeliendo el bajel suavemente,
Como burlando con alegres veras.

Y luego al parecer por el oriente,
(Rayando el rubio Sol nuestro horizonte
Con rayas rojas, hebras de su frente;)

Gritó un grumete y dijo: el monte, el monte,
El monte se descubre, donde tiene
Su buen rocín el gran Belorofonte.

Por el monte se arroja, y a pie viene

Apolo a recibirnos. Yo lo creo,
Dijo Lofraso, ya llega a la Hipocrene.

Yo desde aquí columbro, miro y veo
Que se andan solazando entre unas matas
Las musas con dulcísimo recreo.

Unas antiguas son, otras novatas,
Y todas con ligero paso y tardo
Andan las cinco en pie, las cuatro a gatas.

Si tú tal ves, dijo Mercurio, o Sardo
Poeta, que me corten las orejas,
O me tengan los hombres por bastardo.

¿Dime, por qué algún tanto no te alejas
De la ignorancia, pobretón, y adviertes
Lo que cantan tus rimas en tus quejas?

¿Por qué con tus mentiras nos diviertes
De recibir a Apolo cual se debe,
Por haber mejorado vuestras suertes?

En esto mucho más que el viento leve
Bajó el lucido Apolo a la marina
A pie, porque en su carro no se atreve.

Quitó los rayos de la faz divina,
Mostróse en calzas y en jubón vistoso,
Porque dar gusto a todos determina.

Seguíale detrás un numeroso

escuadrón de doncellas bailadoras,
Aunque pequeñas, de ademán brioso.

Supe poco después, que estas señoras,
Sanas las más, las menos mal paradas.
Las del tiempo y del Sol eran las horas.

Las medio rotas eran las menguadas,
Las sanas las felices, y con esto
Eran todas en todo apresuradas.

Apolo luego con alegre gesto
Abrazó a los soldados, que esperaba
Para la alta ocasión que se ha propuesto.

Y no de un mismo modo acariciaba
A todos, porque alguna diferencia
Hacia con los que él más se alegraba.

Que a los de señoría y excelencia
Nuevos abrazos dio, razones dijo,
En que guardó decoro y preeminencia.

Entre ellos abrazó a don JUAN DE ARGUIJO,
Que no sé en qué, o como, o cuando hizo
Tan áspero viaje y tan prolijo.

Con él a su deseo satisfizo
Apolo y confirmó su pensamiento,
Mandó, vedó, quitó, hizo y deshizo.

Hecho pues el sin par recibimiento,

Do se halló don LUIS DE BARAHONA,
Llevado allí por su merecimiento.

Del siempre verde lauro una corona
Le ofrece Apolo en su intención, y un vaso
Del agua de Castalia y de Helicona.

Y luego vuelve el majestuoso paso,
Y el escuadrón pensado y de repente
Le sigue por las faldas del Parnaso.

Llegóse en fin a la Castalia fuente,
Y en viéndola infinitos se arrojaron
Sedientos al cristal de su corriente.

Unos no solamente se hartaron,
Sino que pies y manos, y otras cosas
Algo más indecentes se lavaron.

Otros más advertidos, las sabrosas
Aguas gustaron poco a poco, dando
Espacio al gusto, a pausas melindrosas.

El brindez y el caraos se puso en bando,
Porque los más de bruces, y no a sorbos
El suave licor fueron gustando.

De ambas manos hacían vasos corvos
Otros, y algunos de la boca al agua
Temían de hallar cien mil estorbos.

Poco a poco la fuente se desagua,

Y pasa en los estómagos bebientes,
Y aun no se apaga de su sed la fragua.

Mas díjoles Apolo: otras dos fuentes
Aun quedan Aganipe e Hipocrene,
Ambas sabrosas, ambas excelentes.

Cada cual de licor dulce y perene,
Todas de calidad aumentativa
Del alto ingenio que a gustarlas viene.

Beben, y suben por el monte arriba,
Por entre palmas, y entre cedros altos,
Y entre árboles pacíficos de oliva.

De gusto llenos y de angustia faltos,
Siguiendo a Apolo el escuadrón camina,
Unos a pedicox, otros a saltos.

Al pie sentado de una antigua encina
Vi a ALONSO DE LEDESMA, componiendo
Una canción angélica y divina.

Conocíle, y a él me fui corriendo
Con los brazos abiertos como amigo,
Pero no se movió con el estruendo.

No ves, me dijo Apolo, que consigo
No está Ledesma ahora, ¿no ves claro
Que está fuera de sí, y está conmigo?

A la sombra de un mirto, al verde amparo

JERÓNIMO DE CASTRO sesteaba,
Varón de ingenio peregrino y raro.

Un motete imagino que cantaba
Con voz suave; yo quedé admirado
De verle allí, porque en Madrid quedaba.

Apolo me entendió, y dijo: un soldado
Como este no era bien que se quedara
Entre el ocio y el sueño sepultado.

Yo le truje, y sé como, que a mi rara
Potencia no la impide otra ninguna,
Ni inconveniente alguno la repara.

En esto se llegaba la oportuna
Hora a mi parecer de dar sustento
Al estomago pobre, y más si ayuna;

Pero no le pasó por pensamiento
A Delio que el ejército conduce,
Satisfacer al mísero hambriento.

Primero a un jardín rico nos reduce,
Donde el poder de la naturaleza,
Y el de la industria más campea y luce.

Tuvieron los Hespéridas belleza
Menor, no le igualaron los Pensiles
En sitio, en hermosura y en grandeza.

En su comparación se muestran viles

Los de Alcinoo, en cuyas alabanzas
Se han ocupado ingenios bien sutiles:

No sujeto del tiempo a las madanzas,
Que todo el año primavera ofrece
Frutos en posesión, no en esperanzas.

Naturaleza y arte allí parece
Andar en competencia, y está en duda
Cual vence de las dos, cual más merece.

Muéstrase balbuciente y casi muda,
Si le alaba la lengua más experta
De adulación y de mentir desnuda.

Junto con ser jardín, era una huerta,
Un soto, un bosque, un prado, un valle ameno,
Que en todos estos títulos concierta.

De tanta gracia y hermosura lleno,
Que una parte del cielo parecía
El todo del bellísimo terreno.

Alto en el sitio alegre Apolo hacia,
Y allí mandó que todos se sentasen
A tres horas después de mediodía.

Y porque los asientos señalasen
El ingenio y valor de cada uno,
Y unos con otros no se embarazasen;

A despecho y pesar del importuno

Ambicioso deseo, les dio asiento
En el sitio y lugar más oportuno.

Llegaban los laureles casi a ciento,
A cuya sombra y troncos se sentaron
Algunos de aquel numero contento.

Otros los de las palmas ocuparon,
De los mirtos, y yedras, y los robles
También varios poetas albergaron.

Puesto que humildes, eran de los nobles
Los asientos cual tronos levantados,
Porque tú, o envidia, aquí tu rabia dobles.

En fin, primero fueron ocupados
Los troncos de aquel ancho circuito,
Para honrar a poetas dedicados,

Antes que yo en el numero infinito
Hallase asiento: y así en pie quedeme
Despechado, colérico y marchito.

Dije entre mí: ¿es posible que se extreme
En perseguirme la fortuna airada,
Que ofende a muchos y a ninguno teme?

Y volviéndome a Apolo con turbada
Lengua le dije lo que oirá el que gusta
Saber, pues la tercera es acabada,

La cuarta parte desta empresa justa.

Capítulo IV

Suele la indignación componer versos,
Pero si el indignado es algún tonto,
Ellos tendrán su todo de perversos.

De mí yo no sé más, sino que pronto
Me halle para decir en tercia rima
Lo que no dijo el desterrado al Ponto.

Y así le dije a Delio: no se estima,
Señor, del vulgo vano el que te sigue
Y al árbol sacro del laurel se arrima.

La envidia y la ignorancia le persigue,
Y así envidiado siempre y perseguido
El bien que espera, por jamás consigue.

Yo corté con mi ingenio aquel vestido,
Con que al mundo la hermosa «Galatea»
Salió para librarse del olvido.

Soy por quien «La Confusa» nada fea
Pareció en los teatros admirable,
Si esto a su fama es justo se le crea.

Yo con estilo en parte razonable
He compuesto «Comedias», que en su tiempo
Tuvieron de lo grave y de lo afable.

Yo he dado en Don Quijote pasatiempo
Al pecho melancólico y mohíno

En cualquiera sazón, en todo tiempo.

Yo he abierto en mis «Novelas» un camino,
Por do la lengua Castellana puede
Mostrar con propiedad un desatino.

Yo soy aquel que en la invención excede
A muchos, y al que falta en esta parte,
Es fuerza que su fama falta quede.

Desde mis tiernos años amé el arte
Dulce de la agradable poesía,
Y en ella procuré siempre agradarte.

Nunca voló la pluma humilde mía
Por la región satírica, bajeza
Que a infames premios y desgracias guía.

Yo el soneto compuse que así empieza,
Por honra principal de mis escritos:
«Voto a Dios que me espanta esta grandeza.»

Yo he compuesto «Romances» infinitos,
Y el de los celos es aquel que estimo,
Entre otros que los tengo por malditos.

Por esto me congojo y me lastimo
De verme solo en pie, sin que se aplique
Árbol que me conceda algún arrimo.

Yo estoy, cual decir suelen, puesto a pique
Para dar a la estampa al gran «Persiles»,

Con que mi nombre y obras multiplique.

Yo en pensamientos castos y sutiles,
Dispuestos en soneto de a docena,
He honrado tres sujetos fregoniles.

también al par de «Filis» mi «Filena»
Resonó por las selvas, que escucharon
Mas de una y otra alegre cantilena.

Y en dulces varias rimas se llevaron
Mis esperanzas los ligeros vientos,
Que en ellos y en la arena se sembraron.

Tuve, tengo y tendré los pensamientos,
Merced al cielo que a tal bien me inclina,
De toda adulación libres y exentos.

Nunca pongo los pies por do camina
La mentira, la fraude y el engaño,
De la santa virtud total ruina.

Con mi corta fortuna no me ensaño,
Aunque por verme en pie, como me veo,
Y en tal lugar, pondero así mi daño.

Con poco me contento, aunque deseo
Mucho. A cuyas razones enojadas,
Con estas blandas respondió Timbreo:

Vienen las malas suertes atrasadas,
Y toman tan de lejos la corriente,

Que son temidas, pero no escusadas.

El bien les viene a algunos de repente,
A otros poco a poco y sin pensallo,
Y el mal no guarda estilo diferente.

El bien que está adquirido, conservallo
Con maña, diligencia y con cordura
Es no menor virtud, que el granjeallo.

Tú mismo te has forjado tu ventura,
Y yo te he visto alguna vez con ella,
Pero en el imprudente poco dura.

Mas si quieres salir de tu querella,
Alegre, y no confuso, y consolado
Dobla tu capa, y siéntate sobre ella.

Que tal vez suele un venturoso estado,
Cuando le niega sin razón la suerte,
Honrar más merecido, que alcanzado.

Bien parece, señor, que no se advierte,
Le respondí, que yo no tengo capa.
El dijo: aunque sea así, gusto de verte.

La virtud es un manto con que tapa
Y cubre su indecencia la estrecheza,
Que exenta y libre de la envidia escapa.

Incliné al gran consejo la cabeza.
Quedeme en pie: que no hay asiento bueno,

Si el favor no le labra, o la riqueza.

Alguno murmuró, viéndome ajeno
Del honor que pensó se me debía,
Del planeta de luz y virtud lleno.

En esto pareció que cobró el día
Un nuevo resplandor, y el aire oyóse
Herir de una dulcísimo armonía.

Y en esto por un lado descubrióse
Del sitio un escuadrón de ninfas bellas,
Con que infinito el rubio dios holgóse.

Venía en fin, y por remate dellas
Una resplandeciendo, como hace
El Sol ante la luz de las estrellas.

La mayor hermosura se deshace
Ante ella, y ella sola resplandece
Sobre todas, y alegra y satisface.

Bien así semejaba, cual se ofrece
Entre liquidas perlas y entre rosas
La aurora que despunta y amanece.

La rica vestidura, las preciosas
Joyas que la adornaban, competían
Con las que suelen ser maravillosas.

Las ninfas que al querer suyo asistían
En el gallardo brío y bello aspecto,

Las artes liberales parecían.

Todas con amoroso y tierno afecto,
Con las ciencias más claras y escogidas,
Le guardaban santísimo respeto.

Mostraban que en servirla eran servidas,
Y que por su ocasión de todas gentes
En más veneración eran tenidas.

Su influjo y su reflujo las corrientes
Del mar y su profundo le mostraban,
Y el ser padre de ríos y de fuentes.

Las yerbas su virtud la presentaban,
Los árboles sus frutos y sus flores,
Las piedras el valor que en sí encerraban.

El santo amor castísimos amores,
La dulce paz su quietud sabrosa,
La guerra amarga todos sus rigores.

Mostrábasele clara la espaciosa
Vía, por donde el Sol hace contino
Su natural carrera y la forzosa.

La inclinación, o fuerza del destino,
Y de qué estrellas consta y se compone,
Y como influye este planeta o sino.

Todo lo sabe, todo lo dispone
La santa y hermosísima doncella,

Que admiración como alegría pone.

Preguntele al parlero, si en la bella
Ninfa alguna deidad se disfrazaba,
Que fuese justo el adorar en ella.

Porque en el rico adorno que mostraba,
Y en el gallardo ser que descubría,
Del cielo, y no del suelo semejaba.

Descubres, respondió, tu bobería,
Que ha que la tratas infinitos años,
Y no conoces que es la poesía.

Siempre la he visto envuelta en pobres paños,
Le repliqué: jamás la vi compuesta
Con adornos tan ricos y tamaños:

Parece que la he visto descompuesta,
Vestida de color de primavera
En los días de cutio y los de fiesta.

Esta que es la poesía verdadera,
La grave, la discreta, la elegante,
Dijo Mercurio, la alta y la sincera,

Siempre con vestidura rozagante
Se muestra en cualquier acto que se halla,
Cuando a su profesión es importante.

Nunca se inclina, o sirve a la canalla
Trovadora, maligna y trafalmeja,

Que en lo que más ignora, menos calla.

Hay otra falsa, ansiosa, torpe y vieja,
Amiga de sonaja y morteruelo,
Que ni tabanco, ni taberna deja.

No se alza dos, ni aun un coto del suelo,
Grande amiga de bodas y bautismos,
Larga de manos, corta de cerbelo.

Tomanla por momentos parasismos,
No acierta a pronunciar, y si pronuncia,
Absurdos hace, y forma solecismos.

Baco donde ella esta, su gusto anuncia,
Y ella derrama en coplas el poleo,
Compa, y vereda, y el mastranzo, y juncia.

Pero aquesta que ves, es el aseo,
La gala de los cielos y la tierra,
Con quien tienen las musas su bureo,

Ella abre los secretos y los cierra,
Toca y apunta de cualquiera ciencia
La superficie y lo mejor que encierra.

Mira con más ahínco su presencia,
Verás cifrada en ella la abundancia
De lo que en bueno tiene la excelencia.

Moran con ella en una misma estancia
La divina y moral Filosofía,

El estilo más puro y la elegancia.

Puede pintar en la mitad del día
La noche, y en la noche más oscura
El alba bella que las perlas cría.

El curso de los ríos apresura,
Y le detiene, el pecho a furia incita,
Y le reduce luego a más blandura.

Por mitad del rigor se precipita
De las lucientes armas contrapuestas,
Y da victorias, y victorias quita.

Verás como le prestan las florestas
Sus sombras, y sus cantos los pastores,
El mal sus lutos y el placer sus fiestas,

Perlas el Sur, Sabea sus loores,
El oro Tíber, Hibla su dulzura,
Galas Milán, y Lusitania amores.

En fin ella es la cifra, do se apura
Lo provechoso y honesto, y deleitable,
Partes con quien se aumenta la ventura.

Es de ingenio tan vivo y admirable,
Que a veces toca en puntos que suspenden,
Por tener noséque de inescrutable.

Alabanse los buenos, y se ofenden
Los malos con su voz, y destos tales

Unos la adoran, otros no la entienden.

Son sus obras heroicas inmortales,
Las líricas suaves, de manera
Que vuelven en divinas las mortales.

Si alguna vez se muestra lisonjera,
Es con tanta elegancia y artificio,
Que no castigo, sino premio espera.

Gloria de la virtud, pena del vicio
Son sus acciones, dando al mundo en ellas
De su alto ingenio, y su bondad indicio.

En esto estaba, cuando por las bellas
Ventanas de jazmines y de rosas,
Que amor estaba a lo que entiendo en ellas;

Divisé seis personas religiosas
Al parecer de honroso y grave aspeto,
De luengas togas, limpias y pomposas.

Preguntele a Mercurio, ¿por qué efeto
Aquellos no parecen y se encubren,
Y muestran ser personas de respeto?

A lo que él respondió: no se descubren
Por guardar el decoro al alto estado
Que tienen, y así el rostro todos cubren.

¿Quién son, le repliqué, si es que te es dado
Decirlo? Respondióme: no por cierto,

Porque Apolo lo tiene así mandado.

¿No son poetas? Sí. Pues yo no acierto
A pensar por qué causa se desprecian
De salir con su ingenio a campo abierto.

¿Para qué se embobecen y se anecian,
Escondiendo el talento que da el cielo
A los que más de ser suyos se precian?

Aquí del rey: ¿qué es esto? ¿qué recelo,
O celo les impele a no mostrarse
Sin miedo ante la turba vil del suelo?

Puede ninguna ciencia compararse
Con esta universal de la poesía,
¿Qué limites no tiene do encerrarse?

Pues siendo esto verdad, saber querría
Entre los de la carda, ¿cómo se usa
Este miedo, o melindre, o hipocresía?

Hace Monseñor versos, y rehúsa
Que no se sepan, y él los comunica
Con muchos, y a la lengua ajena acusa

Y más que siendo buenos, multiplica
La fama su valor, y al dueño canta
Con voz de gloria, y de alabanza rica.

¿Qué mucho pues? sino se le levanta
Testimonio a un Pontífice poeta,

¿Que digan que lo es? por Dios que espanta.

Por vida de Lanfusa la discreta,
Que si no se me dice quien son estos
Togados de bonete y de muceta:

Que con trazas y modos descompuestos
Tengo de reducir a behetría,
Estos tan sosegados y compuestos.

Por Dios, dijo Mercurio, y a fe mía,
Que no puedo decirlo, y si lo digo,
Tengo de dar la culpa a tu porfía.

Dilo, señor, que desde aquí me obligo
De no decir que tú me lo dijiste,
Le dije: por la fe de buen amigo.

El dijo: no nos cayan en el chiste,
Llegate a mí, dirételo al oído,
Pero creo que hay más de los que viste.

Aquel que has visto allí del cuello erguido,
Lozano, rozagante y de buen talle,
De honestidad y de valor vestido:

Es el doctor don FRANCISCO SÁNCHEZ: dalle
Puede cual debe Apolo la alabanza,
Que pueda sobre el cielo levantalle.

Y aun más su famoso ingenio alcanza,
Pues en las verdes hojas de sus días

Nos da de santos frutos esperanza.

Aquel que en elevadas fantasías,
Y en éxtasis sabrosos se regala,
Y tanto imita las acciones mías,

Es el MAESTRO ORENSE, que la gala
Se lleva de la más rara elocuencia
Que en las aulas de Atenas se señala.

Su natural ingenio con la ciencia,
Y ciencias aprendidas le levanta
Al grado que le nombra la excelencia.

Aquel de amarillez marchita y santa,
Que le encubre de lauro aquella rama,
Y aquella hojosa y acopada planta:

FRAY JUAN BAPTISTA CAPATAZ se llama,
Descalzo y pobre, pero bien vestido,
Con el adorno que le da la fama.

Aquel que del rigor fiero de olvido
Libra su nombre con eterno gozo,
Y es de Apolo y las musas bien querido,

Anciano en el ingenio, y nunca mozo,
Humanista divino, es según pienso
El insigne doctor ANDRÉS DEL POZO.

Un Licenciado de un ingenio inmenso
Es aquel, y aunque en traje Mercenario

Como a señor le dan las musas censo:

RAMÓN se llama, auxilio necesario
Con que Delio se esfuerza y ve rendidas
Las obstinadas fuerzas del contrario.

El otro, cuyas sienes ves ceñidas
Con los brazos de Dafne en triunfo honroso,
Sus glorias tiene en Alcalá esculpidas.

En su ilustre teatro victorioso
Le nombra el cisne en canto no funesto,
Siempre el primero como a más famoso.

A los donaires suyos echó el resto
Con propiedades al gorrón debidas,
Por haberlos compuesto o descompuesto.

Aquestas seis personas referidas,
Como están en divinos puestos puestas,
Y en sacra religión constituidas:

Tienen las alabanzas por molestas,
Que les dan por poetas y holgarían
Llevar la loa sin el nombre acuestas.

¿Por qué, le pregunté, señor porfían
Los tales a escribir y dar noticia
De los versos, que paren y que crían?

también tiene el ingenio su codicia,
Y nunca la alabanza se desprecia,

Que al bueno se le debe de justicia,

Aquel que de poeta no se precia,
¿Para qué escribe versos y los dice?
¿Por qué desdeña lo que más aprecia?

Jamás me contenté, ni satisfice
De hipócritas melindres. Llanamente
Quise alabanzas de lo que bien hice.

Con todo quiere Apolo, que esta gente
Religiosa se tenga aquí secreta,
Dijo el dios que presume de elocuente.

Oyose en esto el son de una corneta,
Y un trapa, trapa, aparta, afuera, afuera,
Que viene un gallardismo poeta.

Volví la vista y vi por la ladera.
Del monte un postillón y un caballero
Correr, como se dice, a la ligera.

Servia el postillón de pregonero
Mucho más que de guía, a cuyas voces
En pie se puso el escuadrón entero.

Preguntóme Mercurio: ¿no conoces
Quién es este gallardo, este brioso?
Imagino que ya le reconoces.

Bien, le respondí: que es el famoso
Gran don SANCHO DE LEIVA, cuya espada

Y pluma harán a Delio venturoso.

Venceráse sin duda esta jornada
Con tal socorro: y en el mismo instante,
Cosa que parecía imaginada,

Otro favor no menos importante
Para el caso temido se nos muestra,
De ingenio, y fuerzas, y valor bastante.

Una tropa gentil por la siniestra
Parte del monte se descubrió: ¡o cielos,
Que dais de vuestra providencia muestra!

Aquel discreto JUAN DE VASCONCELOS
Venía delante en un caballo bayo,
Dando a las musas Lusitanas celos.

Tras él el capitán PEDRO TAMAYO
Venía, y aunque enfermo de la gota,
Fue al enemigo asombro, fue desmayo.

Que por él se vio en fuga, y puesto en rota,
Que en los dudosos trances de la guerra
Su ingenio admira y su valor se nota.

también llegaron a la rica tierra,
Puestos debajo de una blanca seña,
Por la parte derecha de la sierra

Otros, de quien tomó luego reseña
Apolo: y era dellos el primero

El joven don FERNANDO DE LODEÑA:

Poeta primerizo insigne, empero
En cuyo ingenio Apolo deposita
Sus glorias para el tiempo venidero.

Con majestad real, con inaudita
Pompa llegó, y al pie del monte para
Quien los bienes del monte solicita:

El Licenciado fue JUAN DE VERGARA
El que llegó, con quien la turba ilustre
En sus vecinos medios se repara.

De Esculapio y de Apolo gloria, y lustre,
Sino dígalo el santo bien partido,
Y su fama la misma envidia ilustre.

Con él fue con aplauso recibido
El docto JUAN ANTONIO DE HERRERA,
Que puso en fil el desigual partido.

O quien con lengua en nada lisonjera,
Sino con puro afecto en grande exceso,
¡Dos que llegaron alabar pudiera!

Pero no es de mis hombros este peso,
Fueron los que llegaron los famosos
Los dos Maestros CALVO Y VALDIVIESO.

Luego se descubrió por los undosos
Llanos del mar una pequeña barca

Impelida de remos presurosos:

Llegó, y al punto della desembarca
El gran don JUAN DE ARGOTE Y DE GAMBOA
En compañía de don DIEGO ABARCA,

sujetos dinos de incesable loa,
Y don DIEGO JIMÉNEZ Y DE ENCISO
Dio un salto a tierra desde la alta proa.

En estos tres la gala y el aviso
Cifró cuanto de gusto en sí contienen,
Como su ingenio y obras dan aviso.

Con JUAN LÓPEZ DEL VALLE otros dos vienen
Juntos allí, y es PAMONES el uno,
Con quien las musas ojeriza tienen.

Porque pone sus pies por do ninguno
Los puso, y con sus nuevas fantasías
Mucho más que agradable es importuno.

De lejas tierras por incultas vías
Llegó el bravo Irlandés don JUAN BATEO,
Jerjes nuevo en memoria en nuestros días,

Vuelvo la vista, a MANTUANO veo,
Que tiene al gran Velasco por Mecenas,
Y ha sido acertadísimo su empleo.

Dejarán estos dos en las ajenas
Tierras, como en las propias dilatados

Sus nombres, que tú, Apolo, así lo ordenas.

Por entre dos fructíferos collados
(¿Habrá quien esto crea, aunque lo entienda?)
De palmas y laureles coronados,

El grave aspecto del ABAD MALUENDA
Pareció, dando al monte luz y gloria,
Y esperanzas de triunfo en la contienda.

¿Pero de qué enemigos la victoria
No alcanzará un ingenio tan florido?
¿Y una bondad tan digna de memoria?

Don ANTONIO GENTIL DE VARGAS, pido
Espacio para verte, que llegaste
De gala y arte, y de valor vestido;

Y aunque de patria Genovés, mostraste
Ser en las musas castellanas doto,
Tanto que al escuadrón todo admiraste.

Desde el Indio apartado del remoto
Mundo llegó mi amigo MONTESDOCA,
Y el que anudó de Arauco el nudo roto.

Dijo Apolo a los dos: a entrambos toca
Defender esta vuestra rica estancia
De la canalla de vergüenza poca.

La cual de error armada y de arrogancia
Quiere canonizar y dar renombre

Inmortal y divino a la ignorancia.

Que tanto puede la afición, que un hombre
Tiene a sí mismo, que ignorante siendo,
De buen poeta quiere alcanzar nombre.

En esto otro milagro, otro estupendo
Prodigio se descubre en la marina,
Que en pocos versos declarar pretendo

Una nave a la tierra tan vecina
Llegó, que desde el sitio donde estaba,
Se ve cuanto hay en ella, y determina.

Demás de cuatro mil salmas pasaba,
Que otros suelen llamarlas toneladas,
Ancha de vientre y de estatura brava:

Así como las naves que cargadas
Llegan de la oriental india a Lisboa,
Que son por las mayores estimadas.

Esta llegó desde la popa a proa
Cubierta de poetas, mercancía
De quien hay saca en Calicut y en Goa.

Tomole al rojo dios alferecía
Por ver la muchedumbre impertinente,
Que en socorro del monte le venía.

Y en silencio rogó devotamente,
Que el vaso naufragase en un momento
Al que gobierna el húmido tridente.

Uno de los del numero hambriento
Se puso en esto al borde de la nave,
Al parecer mohíno y mal contento:

Y en voz, que ni de tierna ni suave
Tenía un solo adarme, gritando
(Dijo tal vez colérico, y tal grave)

Lo que impaciente estuve yo escuchando,
Porque vi sus razones ser saetas,
Que iban mi alma y corazón clavando.

O tú, dijo, traidor, que los poetas
Canonizaste de la larga lista,
Por causas y por vías indiretas:

Dónde tenías, Magancés, la vista
Aguda de tu ingenio, que así ciego
¿Fuiste tan mentiroso coronista?

Yo te confieso, o bárbaro, y no niego
Que algunos de los muchos que escogiste
Sin que el respeto te forzase o el ruego,

En el debido punto los pusiste;
Pero con los demás sin duda alguna
Prodigo de alabanzas anduviste.

Has alzado a los cielos la fortuna
De muchos, que en el centro del olvido
Sin ver la luz del Sol, ni de la Luna,

Yacían: ni llamado, ni escogido
Fue el gran pastor de Iberia, el gran BERNARDO,
Que de la VEGA tiene el apellido.

Fuiste envidioso, descuidado y tardo,
Y a las Ninfas de Henares y Pastores,
Como a enemigos les tiraste un dardo,

Y tienes tú poetas tan peores
Que estos en tu rebaño, que imagino
Que han de sudar, si quieren ser mejores.

Que si este agravio no me turba el tino,
Siete trovistas desde aquí diviso,
A quien suelen llamar de torbellino,

Con quien la gala, discreción y aviso
Tienen poco que ver, y tú los pones
Dos leguas más allá del paraíso.

Estas quimeras, estas invenciones
Tuyas te han de salir al rostro un día,
Si más no te mesuras y compones.

Esta amenaza y gran descortesía
Mi blando corazón llenó de miedo,
Y dio al través con la paciencia mía.

Y volviéndome a Apolo con denuedo
Mayor del que esperaba de mis años,
Con voz turbada y con semblante acedo,

Le dije: con bien claros desengaños
Descubro, que el servirte me granjea
Presentes miedos de futuros daños.

Haz, o señor, que en publico se lea
La lista que Cilenio llevó a España,
Porque mi culpa poca aquí se vea.

Si tu deidad en escoger se engaña,
Y yo solo aprobé lo que él me dijo,
¿Por qué este simple contra mí se ensaña?

Con justa causa y con razón me aflijo,
De ver como estos bárbaros se inclinan
A tenerme en temor duro y prolijo.

Unos, porque los puse me abominan:
Otros, porque he dejado de ponellos,
De darme pesadumbre determinan.

Yo no sé como me avendré con ellos,
Los puestos se lamentan, los no puestos
Gritan, yo tiemblo destos y de aquellos.

Tú, señor, que eres dios, dales los puestos
Que piden sus ingenios: llama, y nombra
Los que fueren más hábiles y prestos.

Y porque el turbio miedo que me asombra,
No me acabe, acabada esta contienda,
Cúbreme con tu manto y con tu sombra.

O ponme una señal, por do se entienda
Que soy hechura tuya y de tu casa:
Y así no habrá ninguno que me ofenda.

Vuelve la vista, y mira lo que pasa,
Fue de Apolo enojado la respuesta,
Que ardiendo en ira el corazón le abrasa.

Volvila, y vi la más alegre fiesta,
Y la más desdichada y compasiva,
Que el mundo vio, ni aun la verá cual esta.

Mas no se espere que yo aquí la escriba,
Sino en la parte quinta, en quien espero
Cantar con voz tan entonada y viva,

Que piensen que soy cisne, y que me muero.

Capítulo V

Oyó el señor del húmido tridente
Las plegarias de Apolo, y escuchólas
Con alma tierna y corazón clemente.

Hizo de ojo, y dio del pie a las olas,
Y sin que lo entendiesen los poetas
En un punto hasta el cielo levantólas.

Y él por ocultas vías y secretas
Se agazapó debajo del navío,
Y usó con él de sus traidoras tretas.

Hirió con el tridente en lo vacío
Del buco, y el estomago le llena
De un copioso corriente amargo río.

Advertido el peligro, al aire suena
Una confusa voz, la cual resulta
De otras mil que el temor forma y la pena.

Poco a poco el bajel pobre se oculta
En las entrañas del cerúleo y cano
Vientre, que tantas animas sepulta.

Suben los llantos por el aire vano
De aquellos miserables, que suspiran
Por ver su irreparable fin cercano.

Trepan y suben por las jarcias, miran
cual del navío es el lugar más alto,

Y en él muchos se apiñan y retiran.

La confusión, el miedo, el sobresalto
Les turba los sentidos, que imaginan
Que desta a la otra vida es grande el salto.

Con ningún medio ni remedio atinan;
Pero creyendo dilatar su muerte
Algún tanto a nadar se determinan.

Saltan muchos al mar de aquella suerte,
Que al charco de la orilla saltan ranas
Cuando el miedo, o el ruido las advierte.

Hienden las olas del romperse canas,
Menudean las piernas y los brazos,
Aunque enfermos están, y ellas no sanas.

Y en medio de tan grandes embarazos
La vista ponen en la amada orilla,
Deseosos de darla mil abrazos.

Y sé yo bien, que la fatal cuadrilla
Antes que allí, holgara de hallarse
En el compás famoso de Sevilla.

Que no tienen por gusto el ahogarse,
Discreta gente al parecer en esto,
Pero valioles poco el esforzarse.

Que el padre de las aguas echó el resto
De su rigor, mostrándose en su carro

Con rostro airado y ademán funesto.

cuatro delfines, cada cual bizarro,
Con cuerdas hechas de tejidas obas
Le tiraban con furia y con desgarro.

Las ninfas en sus húmidas alcobas
Sienten tu rabia, o vengativo Nume,
Y de sus rostros la color les robas.

El nadante poeta que presume
Llegar a la ribera defendida,
Sus ayes pierde y su tesón consume.

Que su corta carrera es impedida
De las agudas puntas del tridente,
Entonces fiero y áspero homicida.

Quien ha visto muchacho diligente
Que en goloso a sí mismo sobrepuja
Que no hay comparación más conveniente,

Picar en el sombrero la granuja,
Que el hallazgo le puso allí o la sisa,
Con punta alfileresca, o ya de aguja:

Pues no con menor gana, o menor prisa
Poetas ensartaba el Nume airado
Con gesto infame, y con dudosa risa.

En carro de cristal venía sentado,
La barba luenga y llena de marisco,

Con dos gruesas lampreas coronado.

hacían de sus barbas firme aprisco
La Almeja, el Morsillón, Pulpo y Cangrejo,
Cual le suelen hacer en peña o risco.

Era de aspecto venerable y viejo,
De verde, azul y plata era el vestido,
Robusto al parecer y de buen rejo.

Aunque como enojado, denegrido
Se mostraba en el rostro, que la saña
Así turba el color como el sentido.

Airado contra aquellos más se ensaña
Que nadan más, y saleles al paso,
Juzgando a gloria tan cobarde hazaña.

En esto, o nuevo y milagroso caso,
Dino de que se cuente poco a poco,
Y con los versos de Torcato Taso.

Hasta aquí no he invocado, ahora invoco
¡Vuestro favor, o musas! necesario
Para los altos puntos en que toco.

Descerrajad vuestro más rico armario,
Y el aliento me dad que el caso pide,
No humilde, no ratero, ni ordinario.

Las nubes hiende el aire, pisa y mide
La hermosa Venus Acidalia, y baja

Del cielo que ninguno se lo impide.

traía vestida de pardilla raja
Una gran saya entera hecha al uso,
Que le dice muy bien, cuadra y encaja.

Luto que por su Adonis se le puso,
Luego que el gran colmillo del berraco
A atravesar sus ingles se dispuso.

A fe que si el mocito fuera Maco,
Que él guardara la cara al colmilludo,
Que dio a su vida, y su belleza saco.

O valiente garzón, más que sesudo,
¿Cómo estando avisado, tú mal tomas,
Entrando en trance tan horrendo y crudo?

En esto las mansísimas palomas
Que el carro de la diosa conducían
Por el llano del mar, y por las lomas:

Por unas y otras partes discurrían,
Hasta que con Neptuno se encontraron,
Que era lo que buscaban y querían.

Los dioses que se ven, se respetaron,
Y haciendo sus zalemas a lo moro,
De verse juntos en extremo holgaron.

Guardaronse real grave decoro,
Y procuró Ciprinia en aquel punto

Mostrar de su belleza el gran tesoro.

Ensanchó el verdugado, y dióle el punto
Con ciertos puntapiés que fueron coces
Para el dios que las vio y quedó difunto.

Un poeta llamado don QUINCOCES
Andaba semivivo en las saladas
Ondas dando gemidos y no voces.

Con todo dijo, en mal articuladas
Palabras: o, señora, la de Pafo,
Y de las otras dos islas nombradas,

Muevate a compasión el verme gafo
De pies y manos, y que ya me ahogo,
En otras Linfas que las del Garrafo.

aquí será mi Pira, aquí mi rogo,
aquí será QUINCOCES sepultado,
Que tuvo en su crianza Pedagogo.

Esto dijo el mezquino, esto escuchado
Fue de la diosa con ternura tanta,
Que volvió a componer el verdugado.

Y luego en pie y piadosa se levanta,
Y poniendo los ojos en el viejo,
Desembudó la voz de la garganta:

Y con cierto desdén y sobrecejo,
Entre enojada y grave, y dulce dijo

Lo que al húmido dios tuvo perplejo.

Y aunque no fue su razonar prolijo,
todavía le trujo a la memoria
Hermano de quien era y de quien hijo.

Representole cuan pequeña gloria
Era llevar de aquellos miserables
El triunfo infausto, y la cruel victoria.

El dijo: si los hados inmudables
No hubieran dado la fatal sentencia
Destos en su ignorancia siempre estables.

Una brizna no más de tu presencia
Que viera yo, bellísima señora,
Fuera de mi rigor la resistencia.

Mas ya no puede ser, que ya la hora
Llegó donde mi blanda y mansa mano
Ha de mostrar que es dura y vencedora.

Que estos de proceder siempre inhumano,
En sus versos han dicho cien mil veces,
Azotando las aguas del mar cano.

Ni azotado, ni viejo me pareces,
Replicó Venus, y él le dijo a ella:
Puesto que me enamoras no enterneces.

Que de tal modo la fatal estrella,
Influye destos tristes, que no puedo

Dar felice despacho a tu querella.

Del querer de los hados solo un dedo,
No me puedo apartar, ya tú lo sabes,
Ellos han de acabar, y ha de ser cedo.

Primero acabarás que los acabes,
Le respondió madama, la que tiene
De tantas voluntades puerta y llaves.

Que aunque el hado feroz su muerte ordene,
El modo no ha de ser a tu contento,
Que muchas muertes el morir contiene.

Turbóse en esto el liquido elemento,
De nuevo renovóse la tormenta,
Sopló más vivo y más aprisa el viento.

La hambrienta mesnada, y no sedienta,
Se rinde al huracán recién venido,
Y por más no penar muere contenta.

O raro caso y por jamás oído,
¡Ni visto! o nuevas y admirables trazas
¡De la gran reina obedecida en Gnido!

En un instante el mar de calabazas
Se vio cuajado, algunas tan potentes,
Que pasaban de dos, y aun de tres brazas.

también hinchados odres y valientes,
Sin deshacer del mar la blanca espuma,

Nadaban de mil talles diferentes.

Esta trasmutación fue hecha en suma
Por Venus de los lánguidos poetas,
Porque Neptuno hundirlos no presuma.

El cual le pidió a Febo sus saetas,
Cuya arma arrojadiza desde aparte
A Venus defraudara de sus tretas.

Negóselas Apolo; y veis do parte
Enojado el vejón con su tridente,
Pensándolos pasar de parte a parte;

Mas este se resbala, aquel no siente
La herida, y dando esguince se desliza,
Y él queda de la cólera impaciente.

En esto Boreas su furor atiza,
Y lleva antecogida la manada,
Que con la de los cerdas simboliza.

Pidióselo la diosa aficionada
A que vivan poetas zarabandos,
De aquellos de la seta almidonada:

De aquellos blancos, tiernos, dulces, blandos,
De los que por momentos se dividen
En varias setas, y en contrarios bandos.

Los contrapuestos vientos se comiden
A complacer la bella rogadora,

Y con un solo aliento la mar miden:

Llevando a la piara gruñidora,
En calabazas y odres convertida
A los reinos contrarios del aurora.

Desta dulce semilla referida
España, verdad cierta, tanto abunda,
Que es por ella estimada y conocida.

Que aunque en armas y en letras es fecunda
Mas que cuantas provincias tiene el suelo,
Su gusto en parte en tal semilla funda.

después desta mudanza que hizo el cielo,
O Venus, o quien fuese, que no importa
Guardar puntualidad como yo suelo,

No veo calabaza, o luenga o corta,
Que no imagine que es algún poeta
Que allí se estrecha, encubre, encoge, acorta.

Pues qué cuando veo un cuero, o mal discreta
Y vana fantasía, así engañada,
¡Que a tanta liviandad estás sujeta!

Pienso que el piezgo de la boca atada
Es la faz del poeta transformado
En aquella figura mal hinchada.

Y cuando encuentro algún poeta honrado,
Digo, poeta firme y valedero,

Hombre vestido bien y bien calzado,

Luego se me figura ver un cuero,
O alguna calabaza, y desta suerte
Entre contrarios pensamientos muero,

Y no sé si lo yerre, o si lo acierte,
En que a las calabazas y a los cueros,
Y a los poetas trate de una suerte.

Cernícalos que son lagartijeros
No esperen de gozar las preeminencias
Que gozan gavilanes no pecheros.

Puestas en paz pues ya las diferencias
De Delio, y los poetas transformados
En tan vanas y huecas apariencias:

Los mares y los vientos sosegados,
Sumergiose Neptuno mal contento
En sus palacios de cristal labrados.

Las mansísimas aves por el viento
Volaron, y a la bella Cipriana
Pusieron en su reino a salvamento.

Y en señal que del triunfo quedó ufana,
Lo que hasta allí nadie acabó con ella,
Del luto se quitó la saboyana.

Quedando en cueros tan briosa y bella,
Que se supo después que Marte anduvo

Todo aquel día, y otros dos tras ella.

Todo el cual tiempo el escuadrón estuvo
Mirando atento la fatal ruina,
Que la canalla transformada tuvo.

Y viendo despejada la marina
Apolo del socorro mal venido,
De dar fin al gran caso determina.

Pero en aquel instante un gran ruido
Se oyó, con que la turba se alboroza,
Y pone vista alerta, y presto oído.

Y era quien le formaba una carroza
Rica, sobre la cual venía sentado
El grave don LORENZO DE MENDOZA,

De su felice ingenio acompañado,
De su mucho valor y cortesía,
Joyas inestimables, adornado.

PEDRO JUAN DE REJAULE le seguía
En otro coche insigne Valenciano,
Y grande defensor de la poesía.

Sentado viene a su derecha mano
JUAN DE SOLÍS, mancebo generoso,
De raro ingenio en verdes años cano.

Y JUAN DE CARVAJAL, Doctor famoso,
Les hace tercio, y no por ser pesado

Dejan de hacer su curso presuroso.

Porque el divino ingenio al levantado
Valor de aquestos tres que el coche encierra,
No hay impedirle monte, ni collado.

Pasan volando la empinada sierra,
Las nubes tocan, llegan casi al cielo,
Y alegres pisan la famosa tierra.

Con este mismo honroso y grave celo,
BARTOLOMÉ DE MOLA, y GABRIEL LASO
Llegaron a tocar del monte el suelo.

Honra las altas cimas de Parnaso
Don DIEGO, que de SILVA tiene el nombre,
Y por ellas alegre tiende el paso.

A cuyo ingenio, y sin igual renombre
Toda ciencia se inclina y le obedece,
Y le levanta a ser más que de hombre.

Dilatanse las sombras, y descrece
El día, y de la noche el negro manto
Guarnecido de estrellas aparece.

Y el escuadrón que havia esperado tanto
En pie, se rinde al sueño perezoso
De hambre y sed, y de mortal quebranto.

Apolo entonces poco luminoso,
Dando hasta los Antípodas un brinco,

Siguió su accidental curso forzoso.

Pero primero licenció a los cinco
Poetas titulados a su ruego,
Que lo pidieron con extraño ahínco,

Por parecerles risa, burla y juego
Empresas semejantes; y así Apolo
Condescendió con sus deseos luego.

Que es el galán de Dafne único y solo
En usar cortesía sobre cuantos
Descubre el nuestro, y el contrario polo.

Del lóbrego lugar de los espantos
Sacó su hisopo el lánguido Morfeo,
Con que ha rendido y embocado a tantos,

Y del licor que dicen que es Leteo,
Que mana de la fuente del olvido,
Los párpados bañó a todos arreo.

El más hambriento se quedó dormido,
Dos cosas repugnantes, hambre y sueño,
Privilegio a poetas concedido.

Yo quedé en fin dormido como un leño,
Llena la fantasía de mil cosas,
Que de contallas mi palabra empeño,

Por más que sean en sí dificultosas.

Capítulo VI

De una de tres causas los ensueños
Se causan, o los sueños, que este nombre
Les dan los que del bien hablar son dueños.

Primera, de las cosas de que el hombre
Trata más de ordinario: la segunda
Quiere la medicina que se nombre,

Del humor que en nosotros más abunda.
Toca en revelaciones la tercera,
Que en nuestro bien más que las dos redunda.

Dormí, y soñé, y el sueño la tercera
Causa le dio principio suficiente,
A mezclar el ahíto y la dentera.

Sueña el enfermo, a quien la fiebre ardiente
Abrasa las entrañas, que en la boca
Tiene de las que ha visto alguna fuente.

Y el labio al fugitivo cristal toca,
Y el dormido consuelo imaginado
Crece el deseo, y no la sed apoca.

Pelea el valentísimo soldado
Dormido, casi al modo que despierto
Se mostró en el combate fiero armado.

Acude el tierno amante a su concierto,
Y en la imaginación dormido llega

Sin padecer borrasca a dulce puerto.

El corazón el avariento entrega
En la mitad del sueño a su tesoro,
Que el alma en todo tiempo no le niega.

Yo, que siempre guardé el común decoro
En las cosas dormidas y despiertas,
Pues no soy Troglodita ni soy Moro;

De par en par del alma abrí las puertas,
Y dejé entrar al sueño por los ojos
Con premisas de gloria y gusto ciertas.

Gocé durmiendo cuatro mil despojos,
Que los conté sin que faltase alguno,
De gustos que acudieron a manojos.

El tiempo, la ocasión, el oportuno
Lugar correspondían al efeto,
Juntos y por sí solo cada uno.

Dos horas dormí, y más a lo discreto,
Sin que imaginaciones ni vapores
El celebro tuviesen inquieto.

La suelta fantasía entre mil flores
Me puso de un pradillo, que exhalaba
De Pancaya y Sabea los olores.

El agradable sitio se llevaba
Tras sí la vista que durmiendo, viva

Mucho más que despierta se mostraba.

Palpable vi, mas no sé si lo escriba,
Que a las cosas que tienen de imposibles,
Siempre mi pluma se ha mostrado esquiva.

Las que tienen vislumbre de posibles,
De dulces, de suaves y de ciertas
Explican mis borrones apacibles.

Nunca a disparidad abre las puertas
Mi corto ingenio, y hallalas contino
De par en par la consonancia abiertas.

¿Cómo puede agradar un desatino
Si no es que de propósito se hace,
Mostrándole el donaire su camino?

Que entonces la mentira satisface
Cuando verdad parece, y está escrita
Con gracia, que al discreto y simple aplace.

Digo, volviendo al cuento, que infinita
Gente vi discurrir por aquel llano,
Con algazara placentera y grita:

Con habito decente y cortesano
Algunos, a quien dio la hipocresía
Vestido pobre; pero limpio y sano.

Otros de la color que tiene el día
Cuando la luz primera se aparece

Entre las trenzas de la aurora fría.

La variada primavera ofrece
De sus varias colores la abundancia,
Con que a la vista el gusto alegre crece.

La prodigalidad, la exorbitancia
Campean juntas por el verde prado
Con galas que descubren su ignorancia.

En un trono del suelo levantado,
(Do el arte a la materia se adelanta
Puesto que de oro y de marfil labrado)

Una doncella vi desde la planta
Del pie hasta la cabeza así adornada,
Que el verla admira, y el oírla encanta.

Estaba en él con majestad sentada,
Giganta al parecer en la estatura,
Pero aunque grande, bien proporcionada.

parecía mayor su hermosura
Mirada desde lejos, y no tanto
Si de cerca se ve su compostura.

Lleno de admiración, colmo de espanto,
Puse en ella los ojos, y vi en ella
Lo que en mis versos desmayados canto.

Yo no sabré afirmar si era doncella,
Aunque he dicho que sí, que en estos casos

La vista más aguda se atropella.

Son por la mayor parte siempre escasos
De razón los juicios maliciosos
En juzgar rotos los enteros vasos.

Altaneros sus ojos y amorosos
Se mostraban con cierta mansedumbre,
Que los hacia en todo extremo hermosos.

Ora fuese artificio, ora costumbre,
Los rayos de su luz tal vez crecían,
Y tal vez daban encogida lumbre.

Dos ninfas a sus lados asistían,
De tan gentil donaire y apariencia,
Que miradas las almas suspendían.

De la del alto trono en la presencia
Desplegaban sus labios en razones,
Ricas en suavidad, pobres en ciencia.

Levantaban al cielo sus blasones,
Que estaban por ser pocos o ningunos,
Escritos del olvido en los borrones.

Al dulce murmurar, al oportuno
Razonar de las dos, la del asiento,
Que en belleza jamás le igualó alguno,

Luego se puso en pie, y en un momento
Me pareció, que dio con la cabeza

Mas allá de las nubes, y no miento:

Y no perdió por esto su belleza,
Antes mientras más grande, se mostraba
Igual su perfección a su grandeza:

Los brazos de tal modo dilataba,
Que de do nace adonde muere el día
Los opuestos extremos alcanzaba.

La enfermedad llamada hidropesía
Así le hincha el vientre, que parece
Que todo el mar caber en él podía.

Al modo destas partes así crece
Toda su compostura, y no por esto,
Cual dije, su hermosura desfallece.

Yo atónito esperaba ver el resto
De tan grande prodigio, y diera un dedo
Por saber la verdad segura, y presto.

Uno, y no sabré quien, bien claro y quedo
Al oído me habló, y me dijo: espera,
Que yo decirte lo que quieres puedo.

Esta que ves, que crece de manera,
Que apenas tiene ya lugar do quepa,
Y aspira en la grandeza a ser primera:

Esta que por las nube sube y trepa
Hasta llegar al cerco de la Luna

(Puesto que el modo de subir no sepa.)

Es la que confiada en su fortuna
Piensa tener de la inconstante rueda
El eje quedo, y sin mudanza alguna.

Esta que no halla mal que le suceda,
Ni le teme atrevida y arrogante,
Prodiga siempre, venturosa y leda:

Es la que con designio extravagante
dio en crecer poco a poco hasta ponerse
Cual ves en estatura de gigante.

No deja de crecer por no atreverse
A emprender las hazañas más notables,
Adonde puedan sus extremos verse.

No has oído decir los memorables
Arcos, anfiteatros, templos, baños,
Termas, pórticos, muros admirables:

¿Que a pesar y despecho de los años,
Aun duran sus reliquias y entereza,
Haciendo al tiempo y a la muerte engaño?

Yo, respondí por mí, ninguna pieza
Desas que has dicho, dejo de tenella
Clavada y remachada en la cabeza.

Tengo el sepulcro de la viuda bella,
Y el Coloso de Rodas allí junto,

Y la linterna que sirvió de estrella.

Pero vengamos de quien es al punto
Esta, que lo deseo. Haráse luego,
Me respondió la voz en bajo punto.

Y prosiguió, diciendo: a no estar ciego
Hubieras visto ya quien es la dama:

Pero en fin tienes el ingenio lego.

Esta que hasta los cielos se encarama
Preñada, sin saber como, del viento,
Es hija del deseo y de la fama.

Esta fue la ocasión y el instrumento
En todo y parte de que el mundo viese
No siete maravillas, sino ciento.

Corto numero es ciento: aunque dijese
Cien mil y más millones, no imagines,
Que en la cuenta del numero excediese.

Esta condujo a memorables fines,
Edificios que asientan en la tierra,
Y tocan de las nubes los confines.

Esta tal vez ha levantado guerra,
Donde la paz suave reposaba
Que en limites estrechos no se encierra.

Cuando murió en las llamas, abrasaba

El atrevido fuerte brazo y fiero,
Esta el incendio horrible resfriaba.

Esta arrojó al Romano caballero
En el abismo de la ardiente cueva,
De limpio armado, y de luciente acero.

Esta tal vez con maravilla nueva,
(De su ambiciosa condición llevada)
Mil imposibles atrevida prueba.

Desde la ardiente Libia hasta la helada
Citia lleva la fama su memoria,
En grandiosas obras dilatada.

En fin ella es la altiva vanagloria,
Que en aquellas hazañas se entremete,
Que llevan de los siglos la victoria.

Ella misma a sí misma se promete
Triunfos y gustos, sin tener asida
A la calva ocasión por el copete.

Su natural sustento, su bebida,
Es aire, y así crece en un instante
Tanto, que no hay medida a su medida.

Aquellas dos del placido semblante
Que tiene a sus dos lados, son aquellas
Que sirven a la maquina de Atlante.

Su delicada voz, sus luces bellas,

Su humildad aparente, y las lozanas
Razones, que el amor se cifra en ellas,

Las hacen más divinas que no humanas,
Y son, (con paz escucha y con paciencia)
La adulación y la mentira hermanas.

Estas están contino en su presencia,
Palabras ministrándole al oído,
Que tienen de prudentes aparencia.

Y ella cual ciega del mejor sentido,
No ve que entre las flores de aquel gusto,
El áspid ponzoñoso está escondido.

Y así arrojada con deseo injusto
En cristalino vaso prueba y bebe
El veneno mortal, sin ningún susto.

Quien más presume de advertido, pruebe
A dejarse adular, verá cuan presto
Pasa su gloria como el viento leve.

Esto escuché: y en escuchando aquesto,
dio un estampido tal la gloria vana,
Que dio a mi sueño fin dulce y molesto.

Y en esto descubrióse la mañana,
Vertiendo perlas y esparciendo flores,
Lozana en vista, y en virtud lozana.

Los dulces pequeñuelos ruiseñores

Con cantos no aprendidos le decían
Enamorados della mil amores.

Los silgueros el canto repetían,
Y las diestras calandrias entonaban
La música, que todos componían.

Unos del escuadrón prisa se daban,
Porque no los hallase el dios del día
En los forzosos actos en que estaban.

Y luego se asomó su señoría,
Con una cara de tudesco roja,
Por los balcones de la aurora fría.

En parte gorda, en parte flaca y floja,
Como quien teme el esperado trance,
Donde verse vencido se le antoja.

En propio toledano y buen romance
Les dio los buenos días cortésmente,
Y luego se aprestó al forzoso lance.

Y encima de un peñasco puesto enfrente
Del escuadrón, con voz sonora y grave
Esta oración les hizo de repente.

¡O espíritus felices, donde cabe
La gala del decir, la sutileza
De la ciencia más docta que se sabe!

Donde en su propia natural belleza

Asiste la hermosa poesía
Entera de los pies a la cabeza!

No consintáis por vida vuestra y mía,
(Mirad con que llaneza Apolo os habla)
Que triunfe esta canalla que porfía.

Esta canalla digo que se endiabla,
Que por darles calor su muchedumbre,
Ya su ruina, o ya la nuestra entabla.

Vosotros de mis ojos gloria y lumbre,
Faroles do mi luz de asiento mora,
Ya por naturaleza, o por costumbre,

¿Habéis de consentir que esta embaidora,
Hipócrita gentalla se me atreva,
De tantas necedades inventora?

Haced famosa y memorable prueba
De vuestro gran valor en este hecho,
Que a su castigo y vuestra gloria os lleva.

De justa indignación armad el pecho,
Acometed intrépidos la turba,
Ociosa, vagamunda, y sin provecho.

No se os dé nada, no se os dé una burba,
(Moneda Berberisca, vil y baja)
De aquesta gente, que la paz nos turba.

El son de más de una templada caja,

Y el del pifaro triste y la trompeta,
Que la cólera sube, y flema abaja;

Así os incite con virtud secreta,
Que despierte los ánimos dormidos
En la facción que tanto nos aprieta.

Ya retumba, ya llega a mis oídos
Del escuadrón contrario el rumor grande,
Formado de confusos alaridos.

Ya es menester, sin que os lo ruegue, o mande,
Que cada cual como guerrero experto,
sin que por su capricho se desmande,

La orden guarde y militar concierto,
Y acuda a su deber como valiente
Hasta quedar, o vencedor o muerto.

En esto por la parte de poniente
Pareció el escuadrón casi infinito
De la bárbara, ciega, y pobre gente.

Alzan los nuestros al momento un grito
Alegre, y no medroso; y gritan, arma,
Arma resuena todo aquel distrito;

Y aunque mueran, correr quieren al arma.

Capítulo VII

Tú, Belígera musa, tú, que tienes
La voz de bronce, y de metal la lengua,
Cuando a cantar del fiero Marte vienes:

Tú, por quien se aniquila siempre y mengua
El gran genero humano: tú, que puedes
Sacar mi pluma de ignorancia, y mengua:

Tú, mano rota, y larga de mercedes;
Digo en hacellas: una aquí te pido,
(Que no hará que menos rica quedes.)

La soberbia y maldad, el atrevido
Intento de una gente mal mirada
Ya se descubre con mortal ruido.

Dame una voz al caso acomodada,
Una sutil y bien cortada pluma,
No de afición, ni de pasión llevada.

Para que pueda referir en suma
Con purísimo y nuevo sentimiento,
Con verdad clara, y entereza suma,

El contrapuesto y desigual intento
De uno y otro escuadrón, que ardiendo en ira,
Sus banderas descoge al vago viento.

El del bando católico, que mira
Al falso y grande al pie del monte puesto,

Que de subir al alta cumbre aspira;

Con paso largo, y además compuesto,
Todo el monte coronan, y se ponen
A la furia, que en loca ha echado el resto.

Las ventajas tantean, y disponen
Los ánimos valientes al asalto,
En quien su gloria y su venganza ponen.

De rabia lleno y de paciencia falto
Apolo su bellísimo estandarte
Mandó al momento levantar en alto.

Arbolole un MARQUÉS, que el propio Marte
Su briosa presencia representa
Naturalmente, sin industria y arte.

Poeta celebérrimo y de cuenta,
Por quien, y en quien Apolo soberano
Su gloria y gusto, y su valor aumenta.

Era la insignia un cisne hermoso y cano,
Tan al vivo pintado, que dijeras,
La voz despide alegre al aire vano.

Siguen al estandarte sus banderas
De gallardos alfereces llevadas,
Honrosas por no estar todas enteras.

Las cajas a lo bélico templadas
Al milite más tardo vuelven presto,

De voces de metal acompañadas.

JERÓNIMO DE MORA llegó en esto,
Pintor excelentísimo y poeta,
Apeles y Virgilio en un supuesto:

Y con la autoridad de una jineta,
(Que de ser capitán le daba nombre)
Al caso acude y a la turba aprieta.

Y porque más se turbe, y más se asombre
El enemigo desigual y fiero
Llegó el gran BIEDMA de inmortal renombre.

Y con él GASPAR DE ÁVILA, primero
Secuaz de Apolo, a cuyo verso y pluma,
Iciar puede envidiar, temer Sincero.

Llegó JUAN DE MEZTANZA, cifra y suma
De tanta erudición, donaire y gala,
Que no hay muerte, ni edad que la consuma.

Apolo le arrancó de Guatemala,
Y le trujo en su ayuda para ofensa
De la canalla en todo extremo mala.

Hacer milagros en el trance piensa
CEPEDA, y acompáñale MEJÍA,
Poetas dinos de alabanza inmensa.

Clarísimo esplendor de Andalucía,
Y de la Mancha el sin igual GALINDO

Llegó con majestad y bizarría.

De la alta cumbre del famoso Pindo
Bajaron tres bizarros Lusitanos
(A quien mis alabanzas todas rindo.)

Con prestos pies y con valientes manos
Con FERNANDO CORREA DE LA CERDA,
Pisó RODRÍGUEZ LOBO monte y llanos.

Y porque Febo su razón no pierda
El grande don ANTONIO DE ATAIDE
Llegó con furia alborotada y cuerda.

Las fuerzas del contrario ajusta y mide
Con las suyas Apolo, y determina
Dar la batalla, y la batalla pide.

El ronco son de más de una bocina,
Instrumento de caza y de la guerra,
De Febo a los oídos se avecina.

Tiembla debajo de los pies la tierra
De infinitos poetas oprimida,
Que dan asalto a la sagrada sierra.

El fiero general de la atrevida
Gente, que trae un cuervo en su estandarte,
Es ARBOLANCHES, muso por la vida.

Puestos estaban en la baja parte,
Y en la cima del monte, frente a frente

Los campos de quien tiembla el mismo Marte:

Cuando una, al parecer discreta gente,
Del católico bando al enemigo
Se pasó, como en numero de veinte.

Yo con los ojos su carrera sigo,
Y viendo el paradero de su intento,
Con voz turbada al sacro Apolo digo:

¿Qué prodigio es aqueste?, ¿qué portento?
O por mejor decir, ¿qué mal agüero,
Que así me corta el brío y el aliento?

Aquel tránsfuga que partió primero,
No solo por poeta le tenía,
Pero también por bravo churrullero.

Aquel ligero que tras él corría,
En mil corrillos en Madrid le he visto
Tiernamente hablar en la poesía.

Aquel tercero que partió tan listo,
Por satírico, necio, y por pesado
Sé que de todos fue siempre mal quisto.

No puedo imaginar como ha llevado
Mercurio estos poetas en su lista.
Yo fui, respondió Apolo, el engañado;

Que de su ingenio la primera vista
Indicios descubrió que serian buenos

Para facilitar esta conquista.

Señor, repliqué yo, creí que ajenos
Eran de las deidades los engaños,
Digo, engañarse en poco más ni menos.

La prudencia que nace de los años,
Y tiene por maestra la experiencia,
Es la deidad que advierte destos daños.

Apolo respondió: por mi conciencia,
Que no te entiendo, algo turbado y triste
Por ver de aquellos veinte la insolencia.

Tú, SARDO militar LOFRASO, fuiste
Uno de aquellos bárbaros corrientes,
Que del contrario el numero creciste.

Mas no por esta mengua los valientes
Del escuadrón católico temieron,
Poetas madrigados y excelentes.

Antes tanto coraje concibieron
Contra los fugitivos corredores,
Que riza en ellos y matanza hicieron.

O falsos y malditos trovadores,
Que pasáis plaza de poetas sabios,
Siendo la hez de los que son peores.

Entre la lengua, paladar y labios
Anda contino vuestra poesía,

Haciendo a la virtud cien mil agravios.

Poetas de atrevida hipocresía,
Esperad, que de vuestro acabamiento
Ya se ha llegado el temeroso día.

De las confusas voces el concento
Confuso por el aire resonaba
De espesas nubes condensando en viento.

Por la falda del monte gateaba
Una tropa poética, aspirando
A la cumbre que bien guardada estaba.

hacían hincapié de cuando en cuando,
Y con hondas de estallo y con ballestas
Iban libros enteros disparando.

No del plomo encendido las funestas
Balas, pudieran ser dañosas tanto,
Ni al disparar pudieran ser más prestas.

Un libro mucho más duro que un canto
A JUSEPE DE VARGAS dio en las sienes,
Causándole terror, grima y espanto.

Gritó, y dijo a un soneto: ¿tú, que vienes
De satírica pluma disparado,
¿Por qué el infame curso no detienes?

Y cual perro con piedras irritado,
Que deja al que las tira, y va tras ellas,

cual si fueran la causa del pecado,

Entre los dedos de sus manos bellas
Hizo pedazos al soneto altivo,
Que amenazaba al Sol y a las estrellas.

Y díjole Cilenio: o rayo vivo
Donde la justa indignación se muestra
En un grado y valor superlativo,

La espada toma en la temida diestra,
Y arrójate valiente y temerario
Por esta parte que el peligro adiestra.

En esto del tamaño de un breviario
Volando un libro por el aire vino,
De prosa y verso que arrojó el contrario.

De verso y prosa el puro desatino
Nos dio a entender que de ARBOLANCHES eran
Las Ávidas pesadas de contino.

Unas Rimas llegaron, que pudieran
Desbaratar el escuadrón cristiano,
Si acaso vez segunda se imprimieran.

Dióle a Mercurio en la derecha mano
Una sátira antigua licenciosa,
De estilo agudo, pero no muy sano.

De una intricada y mal compuesta prosa,
De un asunto, sin jugo y sin donaire,

Cuatro Novelas disparó PEDROSA.

Silbando recio, y desgarrando el aire,
Otro libro llegó de rimas solas
Hechas al parecer como al desgaire.

Violas Apolo y dijo, cuando violas:
Dios perdone a su autor, y a mí me guarde
De algunas Rimas sueltas españolas.

Llegó EL PASTOR DE IBERIA, aunque algo tarde,
Y derribó catorce de los nuestros,
Haciendo de su ingenio y fuerza alarde.

Pero dos valerosos, dos maestros,
Dos lumbreras de Apolo, dos soldados,
Únicos en hablar, y en obrar diestros:

Del monte puestos en opuestos lados
Tanto apretaron a la turba multa,
Que volvieron atrás los encumbrados.

Es GREGORIO DE ANGULO el que sepulta
La canalla, y con él PEDRO DE SOTO,
De prodigioso ingenio, y vena culta.

Doctor aquel, estotro único y doto
Licenciado, de Apolo ambos secuaces
Con raras obras y animo devoto.

Las dos contrarias indignadas haces
Ya miden las espadas, ya se cierran

Duras en su tesón y pertinaces.

Con los dientes se muerden y se aferran
Con las garras, las fieras imitando,
Que toda piedad de sí destierran.

Haldeando venía, y trasudando
El autor de LA PICARA JUSTINA,
Capellán lego del contrario bando.

Y cual si fuera de una culebrina
Disparó de sus manos su librazo,
Que fue de nuestro campo la ruina.

Al buen TOMÁS GRACIÁN mancó de un brazo,
A MEDINILLA derribó una muela,
Y le llevó de un muslo un gran pedazo.

Una despierta nuestra centinela
Gritó: todos abajen la cabeza,
Que dispara el contrario otra Novela.

Dos pelearon una larga pieza,
Y el uno al otro con instancia loca
De un envión, con arte y con destreza,

Seis seguidillas le encajó en la boca,
Con que le hizo vomitar el alma
Que salió libre de su estrecha roca.

De la furia el ardor, del Sol la calma
Tenía en duda de una, y otra parte

La vencedora y pretendida palma.

Del cuervo en esto el lóbrego estandarte
Cede al del cisne, porque vino al suelo
Pasado el corazón de parte a parte.

Su alférez, que era un ANDALUZ mozuelo
Trovador repentista, que subía
Con la soberbia más allá del cielo,

Helósele la sangre que tenía,
Murióse cuando vio que muerto estaba
La turba pertinaz en su porfía.

Puesto que ausente el gran LUPERCIO estaba
Con un solo soneto suyo hizo
Lo que de su grandeza se esperaba.

Descuadernó, desencajó, deshizo
Del opuesto escuadrón catorce hileras,
Dos criollos mató, hirió un mestizo.

De sus sabrosas burlas y sus veras
El magno CORDOBÉS un cartapacio
Disparó, y aterró cuatro banderas.

Daba ya indicios de cansado y lacio
El brío de la bárbara canalla,
Peleando más flojo y más despacio.

Mas renovóse la fatal batalla
Mezclándose los unos con los otros,

Ni vale arnés, ni presta dura malla,

Cinco melifluos sobre cinco potros
Llegaron, y envistieron por un lado,
Y lleváronse cinco de nosotros.

Cada cual como moro ataviado,
Con más letras y cifras, que una carta
De Príncipe enemigo y recatado.

De romances moriscos una sarta,
cual si fuera de balas enramadas,
Llega con furia y con malicia harta.

Y a no estar dos escuadras avisadas
De las nuestras del recio tiro y presto,
Era fuerza quedar desbaratadas.

Quiso Apolo indignado echar el resto
De su poder y de su fuerza sola,
Y dar al enemigo fin molesto.

Y una sacra canción, donde acrisola
Su ingenio, gala, estilo y bizarría
BARTOLOMÉ LEONARDO DE ARGENSOLA,

Cual si fuera un petrarte Apolo envía,
Adonde está el tesón más apretado,
Mas dura, y más furiosa la porfía.

«Cuando me paro a contemplar mi estado»
Comienza la canción, que Apolo pone

En el lugar más noble y levantado.

Todo lo mira, todo lo dispone
Con ojos de Argos, manda, quita y veda,
Y del contrario a todo ardid se opone.

Tan mezclados están, que no hay quien pueda
Discernir cual es malo, o cual es bueno,
Cual es GARCILASISTA, o TIMONEDA.

Pero un mancebo de ignorancia ajeno,
Grande escudriñador de toda historia,
Rayo en la pluma, y en la voz un trueno,

Llegó, tan rica el alma de memoria,
De sana voluntad y entendimiento,
Que fue de Febo y de las musas gloria.

Con este acelerose el vencimiento,
Porque supo decir: este merece
Gloria, pero aquel no, sino tormento.

Y como ya con distinción parece
El justo y el injusto combatiente,
El gusto al paso de la pena crece.

Tú PEDRO MANTUANO el excelente,
Fuiste quien distinguió de la confusa
Maquina el que es cobarde del valiente.

JULIÁN DE ALMENDÁRIZ no rehúsa,
Puesto que llegó tarde, en dar socorro

Al rubio Delio con su ilustre musa.

Por las rucias que peino, que me corro
De ver que las comedias endiabladas
Por divinas se pongan en el corro.

Y a pesar de las limpias y atildadas
Del cómico mejor de nuestra Esperia
Quieren ser conocidas y pagadas.

Mas no ganaron mucho en esta feria,
Porque es discreto el vulgo de la corte,
Aunque le toca la común miseria.

De llano no le deis, dadle de corte,
Estancias Polifemas, al poeta
Que no os tuviere por su guía y norte.

Inimitables sois, y a la discreta
Gala que descubrís en lo escondido,
Toda elegancia puede estar sujeta.

Con estas municiones el partido
Nuestro se mejoró de tal manera,
Que el contrario se tuvo por vencido.

Cayó su presunción soberbia y fiera,
Derrúmbanse del monte abajo cuantos
Presumieron subir por la ladera,

La voz prolija de sus roncos cantos
El mal suceso con rigor la vuelve

En interrotos y funestos llantos.

Tal hubo, que cayendo se resuelve
De asirse de una zarza o cabrahigo,
Y en llanto a lo de Ovidio se disuelve.

cuatro se arracimaron a un quejigo
Como enjambre de abejas desmandada,
Y le estimaron por el lauro amigo.

Otra cuadrilla virgen por la espada
Y adultera de lengua, dio la cura
A sus pies de su vida almidonada.

BARTOLOMÉ llamado DE SEGURA
El toque casi fue del vencimiento,
Tal es su ingenio, y tal es su cordura.

Resonó en esto por el vago viento
La voz de la victoria repetida
Del numero escogido en claro acento.

La miserable, la fatal caída
De las musas del limpio tagarete
Fue largos siglos con dolor plañida.

A la parte del llanto (¡ay me!) se mete
Zapardiel famoso por su pesca,
Sin que un pequeño instante se quiete.

La voz de la victoria se refresca,
Vitoria suena aquí, y allí victoria,

Adquirida por nuestra soldadesca,

Que canta alegre la alcanzada gloria.

Capítulo VIII

Al caer de la maquina excesiva
Del escuadrón poético arrogante
Que en su no vista muchedumbre estriba:

Un poeta, mancebo y estudiante,
Dijo: caipaciencia, que algún día
Será la nuestra, mi valor mediante.

De nuevo afilaré la espada mía,
Digo mi pluma, y cortaré de suerte
Que dé nueva excelencia a la porfía.

Que ofrece la comedia, si se advierte,
Largo campo al ingenio, donde pueda
Librar su nombre del olvido y muerte.

Fue desto ejemplo JUAN DE TIMONEDA,
Que con solo imprimir se hizo eterno
Las comedias del gran LOPE DE RUEDA.

Cinco vuelcos daré en el propio infierno
Por hacer recitar una que tengo
Nombrada: «El Gran Bastardo de Salerno».

Guarda Apolo, que baja guarde rengo
El golpe de la mano más gallarda
Que ha visto el tiempo en su discurso luengo.

En esto el claro son de una bastarda
Alas pone en los pies de la vencida

Gente del mundo perezosa y tarda.

Con la esperanza del vencer perdida
No hay quien no atienda con ligero paso,
Si no a la honra, a conservar la vida.

Desde las altas cumbres de Parnaso
De un salto uno se puso en Guadarrama,
Nuevo, no visto, y verdadero caso.

Y al mismo paso la parlera fama
Cundió del vencimiento la alta nueva,
Desde el claro Caistro hasta Jarama.

Lloró la gran victoria el turbio Esgueva,
Pisuerga la rió, rióla Tajo,
Que en vez de arena granos de oro lleva.

Del cansancio, del polvo, y del trabajo
Las rubicundas hebras de Timbreo
Del color se pararon de oro bajo.

Pero viendo cumplido su deseo,
Al son de la guitarra Mercuriesca
Hizo de la gallarda un gran paseo.

Y de Castalia en la corriente fresca
El rostro se lavó, y quedó luciente
Como de acero la segur Turquesca.

Pulióse luego, y adornó su frente
De majestad mezclada con dulzura,

Indicios claros del placer que siente.

Las reinas de la humana hermosura
Salieron de do estaban retiradas,
Mientras duraba la contienda dura:

Del árbol siempre verde coronadas,
Y en medio la divina poesía,
Todas de nuevas galas adornadas.

MELPÓMENE, TERPSÍCORE, y TALÍA,
POLIMNIA, URANIA, ERATO, EUTERPE, y CLÍO,
Y CALIOPE, hermosa en demasía

Muestran ufanas su destreza y brío,
Tejiendo una intricada y nueva danza
Al dulce son de un instrumento mío.

Mío, no dije bien, mentí a la usanza
Del que dice propios los ajenos
Versos, que son más dinos de alabanza.

Los anchos prados, y los campos llenos
Están de las escuadras vencedoras,
(Que siempre van a más, y nunca a menos)

Esperando de ver de sus mejoras
El colmo con los premios merecidos
Por el sudor y aprieto de seis horas.

Piensan ser los llamados escogidos
Todos a premios de grandeza aspiran,

Tiénense en más de lo que son tenidos:

Ni a calidades, ni riquezas miran,
A su ingenio se atiene cada uno,
Y si hay cuatro que acierten, mil deliran.

Mas Febo, que no quiere que ninguno
Quede quejoso dél, mandó a la Aurora,
Que vaya, y coja «in tempore oportuno»

De las faldas floríferas de Flora
cuatro tabaques de purpúreas rosas,
Y seis de perlas de las que ella llora.

Y de las nueve por extremo hermosas
Las coronas pidió, y al darlas ellas
En nada se mostraron perezosas.

Tres, a mi parecer, de las más bellas
A Partenope sé que se enviaron,
Y fue Mercurio el que partió con ellas.

Tres sujetos las otras coronaron
allí en el mismo monte peregrinos,
Con que su patria y nombre eternizaron.

Tres cupieron a España, y tres divinos
Poetas se adornaron la cabeza,
De tanta gloria justamente dinos.

La envidia, monstruo de naturaleza,
Maldita, y carcomida, ardiendo en saña

A murmurar del sacro don empieza.

Dijo: ¿será posible que en España
Haya nueve poetas laureados?
Alta es de Apolo, pero simple hazaña.

Los demás de la turba defraudados
Del esperado premio, repetían
Los himnos de la envidia mal cantados.

Todos por laureados se tenían
En su imaginación antes del trance,
Y al cielo quejas de su agravio envían.

Pero ciertos poetas de romance
Del generoso premio hacer esperan
A despecho de Febo presto alcance.

Otros, aunque latinos, desesperan
De tocar del laurel solo una hoja,
Aunque del caso en la demanda mueran.

Vengase menos el que más se enoja,
Y alguno se tocó sienes y frente,
Que de estar coronado se le antoja.

Pero todo deseo impertinente
Apolo resfrió, premiando a cuantos
Poetas tuvo el escuadrón valiente.

De rosas, de jazmines y amarantos
Flora le presentó cinco cestones,

Y la Aurora de perlas otros tantos.

Estos fueron, lector dulce, los dones
Que Delio repartió con larga mano
Entre los poetísimos varones.

Quedando alegre cada cual, y ufano
Con un puño de perlas y una rosa,
Estimando el premio sobrehumano.

Y porque fuese más maravillosa
La fiesta y regocijo, que se hacia
Por la victoria insigne y prodigiosa,

La buena, la importante poesía
Mandó traer la bestia, cuya pata
Abrió la fuente de Castalia fría.

Cubierta de finísima escarlata,
Un lacayo la trujo en un instante,
Tascando un freno de bruñida plata.

Envidiarle pudiera Rocinante
Al gran Pegaso de presencia brava,
Y aun Billadoro el del señor de Anglante.

Con no sé cuantas alas adornaba
Manos y pies, indicio manifiesto,
Que en ligereza al viento aventajaba.

Y por mostrar cuan ágil y cuan presto
Era, se alzó del suelo cuatro picas,

Con un denuedo y ademán compuesto.

Tú, que me escuchas, si el oído aplicas
Al dulce cuento deste gran Viaje,
Cosas nuevas oirás de gusto ricas.

Era del bel trotón todo el herraje
De durísima plata diamantina,
Que no recibe del pisar ultraje.

De la color que llaman columbina,
De raso en una funda trae la cola,
Que suelta con el suelo se avecina.

Del color del carmín o de amapola
Eran sus clines y su cola gruesa,
Ellas solas al mundo, y ella sola.

Tal vez anda despacio, y tal a priesa,
Vuela tal vez, y tal hace corbetas,
Tal quiere relinchar, y luego cesa.

¡Nueva felicidad de los poetas!
Unos sus excrementos recogían
En dos de cuero grandes barjuletas.

Pregunté, ¿para qué lo tal hacían?
Respondióme Cilenio a lo bellaco
Con no sé que vislumbres de ironía:

Esto que se recoge, es el tabaco,
Que a los vaguidos sirve de cabeza

De algún poeta de celebro flaco.

Urania de tal modo lo adereza,
Que puesto a las narices del doliente,
Cobra salud, y vuelve a su entereza.

Un poco entonces arrugué la frente,
Ascos haciendo del remedio extraño,
Tan de los ordinarios diferente.

Recibes, dijo Apolo, amigo, engaño.
Leyome el pensamiento. Este remedio
De los vaguidos cura, y sana el daño.

No come este rocín lo que en asedio
Duro y penoso comen los soldados,
Que están entre la muerte y hambre en medio.

Son deste tal los piensos regalados,
Ámbar y almizcle entre algodones puesto,
Y bebe del rocío de los prados.

Tal vez le damos de almidón un cesto,
Tal de algarrobas con que el vientre llena,
Y no se estriñe, ni se va por esto.

Sea, le respondí, muy norabuena,
Tieso estoy de celebro por ahora,
Vaguido alguno no me causa pena.

La nuestra en esto universal señora,
Digo la poesía verdadera,

Que con Timbreo y con las musas mora,

En vestido subcinto a la ligera
El monte discurrió, y abrazó a todos,
Hermosa sobre modo, y placentera.

¡O sangre vencedora de los Godos!
Dijo: de aquí adelante ser tratada
Con más suaves y discretos modos

Espero ser, y siempre respetada
Del ignorante vulgo que no alcanza,
Que puesto que soy pobre, soy honrada.

Las riquezas os dejo en esperanza,
Pero no en posesión, premio seguro
Que al reino aspira de la inmensa holganza.

Por la belleza deste monte os juro,
Que quisiera al más mínimo entregalle
Un privilegio de cien mil de juro.

Mas no produce minas este valle,
Aguas sí, salutíferas y buenas,
Y monas que de cisnes tienen talle.

Volved a ver, o amigos, las arenas
Del aurífero Tajo en paz segura,
Y en dulces horas de pesar ajenas.

Que esta inaudita hazaña os asegura
Eterno nombre, en tanto que dé Febo

Al mundo aliento, y luz serena y pura.

¡O maravilla nueva, o caso nuevo,
Digno de admiración que cause espanto,
Cuya extrañeza me admiró de nuevo!

Morfeo, el dios del sueño por encanto
Allí se apareció; cuya corona
Era de ramos de beleño santo.

Flojísimo de brío y de persona,
De la pereza torpe acompañado,
Que no le deja a vísperas, ni a nona.

traía al silencio a su derecho lado,
El descuido al siniestro, y el vestido
Era de blanda lana fabricado.

De las aguas que llaman del olvido,
traía un gran caldero, y de un hisopo
Venía como aposta, prevenido.

Asía a los poetas por el hopo,
Y aunque el caso los rostros les volvía
En color encendida de piropo,

El nos bañaba con el agua fría,
Causándonos un sueño de tal suerte,
Que dormimos un día y otro día.

Tal es la fuerza del licor, tan fuerte
Es de las aguas la virtud, que pueden

Competir con los fueros de la muerte.

Hace el ingenio alguna vez que queden
Las verdades sin crédito ninguno,
Por ver que a toda contingencia exceden.

Al despertar del sueño así importuno,
Ni vi monte, ni monta, dios, ni diosa,
Ni de tanto poeta vide alguno.

Por cierto extraña y nunca vista cosa,
Despabilé la vista, y parecióme
Verme en medio de una ciudad famosa.

Admiración y grima el caso dióme,
Torné a mirar, porque el temor o engaño
No de mi buen discurso el paso tome.

Y díjeme a mi mismo: no me engaño.
Esta ciudad es Nápoles la ilustre,
Que yo pisé sus ruas más de un año:

De Italia gloria, y aun del mundo lustre,
Pues de cuantas ciudades él encierra,
Ninguna puede haber que así le ilustre.

Apacible en la paz, dura en la guerra,
Madre de la abundancia y la nobleza,
De Elíseos campos, y agradable sierra;

Si vaguidos no tengo de cabeza,
Paréceme que está mudada en parte

De sitio, aunque en aumento de belleza.

¿Qué teatro es aquel donde reparte
Con él cuanto contiene de hermosura,
La gala, la grandeza, industria y arte?

Sin duda el sueño en mis pálpebras dura,
Porque este es edificio imaginado,
Que excede a toda humana compostura.

Llegose en esto a mí disimulado
Un mi amigo, llamado Promontorio,
Mancebo en días, pero gran soldado.

Creció la admiración viendo notorio
Y palpable, que en Nápoles estaba,
Espanto a los pasados accesorio.

Mi amigo tiernamente me abrazaba,
Y con tenerme entre sus brazos, dijo:
Que del estar yo allí mucho dudaba.

Llamóme padre, y yo llámele hijo.

Quedó con esto la verdad en punto,
Que aquí puede llamarse punto fijo.

Díjome Promontorio: yo barrunto,
Padre, que algún gran caso a vuestras canas
Las trae tan lejos ya semidifunto.

En mis horas más frescas y tempranas

Esta tierra habité, hijo, le dije,
Con fuerzas más briosas y lozanas.

Pero la voluntad que a todos rige,
Digo el querer del cielo, me ha traído
A parte que me alegra más que aflige.

Dijera más, sino que un gran ruido
De pífaros, clarines y tambores
Me azoró el alma, y alegró el oído.

Volví la vista al son, vi los mayores
Aparatos de fiesta que vio Roma
En sus felices tiempos, y mejores.

Dijo mi amigo: Aquel, que ves que asoma
Por aquella montaña contrahecha,
Cuyo brío al de Marte oprime y doma,

Es un alto sujeto, que deshecha
Tiene a la envidia en rabia, porque pisa
De la virtud la senda más derecha.

De gravedad y condición tan lisa,
Que suspende y alegra a un mismo instante,
Y con su aviso al mismo aviso avisa.

Mas quiero antes que pases adelante
En ver lo que verás si estas atento,
Darte del caso relación bastante.

Será don JUAN DE TASIS de mi cuento

Principio, porque sea memorable,
Y lleguen mis palabras a mi intento.

Este varón en liberal notable,
Que una mediana Villa le hace Conde,
Siendo rey en sus obras admirable.

Este, que sus haberes nunca esconde,
Pues siempre los reparte, o los derrama,
Ya sepa adonde, o ya no sepa adonde:

Este, a quien tiene tan en fil la fama,
Puesta la alteza de su nombre claro,
Que liberal y prodigo le llama:

Quiso prodigo aquí, y allí no avaro,
Primer mantenedor ser de un torneo,
Que a fiestas sobrehumanas le comparo.

Responden sus grandezas al deseo
Que tiene de mostrarse alegre, viendo
De España y Francia el regio himeneo.

Y este que escuchas, duro, alegre estruendo,
Es señal que el torneo se comienza,
Que admira por lo rico y estupendo.

Arquímedes el grande se avergüenza
De ver que este teatro milagroso
Su ingenio apoque, y a sus trazas venza.

Digo pues que el mancebo generoso,

Que allí desciende de encarnado y plata,
Sobre todo mortal curso brioso,

Es el conde de LEMOS, que dilata
Su fama con sus obras por el mundo,
Y que lleguen al cielo en tierra trata:

Y aunque sale el primero, es el segundo
Mantenedor, y en buena cortesía
Esta ventaja califico y fundo.

El duque de NOCERA, luz y guía
Del arte militar, es el tercero
Mantenedor de este festivo día.

El cuarto, que pudiera ser primero,
Es DE SANTELMO el fuerte CASTELLANO,
Que al mismo Marte en el valor prefiero.

El quinto es otro Eneas el Troyano,
Arrociolo, que gana en ser valiente
Al que fue verdadero, por la mano.

El gran concurso y numero de gente
Estorbó que adelante prosiguiese
La comenzada relación prudente.

Por esto le pedí que me pusiese
Adonde sin ningún impedimento
El gran progreso de las fiestas viese.

Porque luego me vino al pensamiento

De ponerlas en verso numeroso,
Favorecido del Febeo aliento.

Hízolo así, y yo vi lo que no oso
Pensar, no que decir, que aquí se acorta
La lengua y el ingenio más curioso.

Que se pase en silencio es lo que importa,
Y que la admiración supla esta falta
El mismo grandioso caso exhorta.

Puesto que después supe que con alta
Magnifica elegancia y milagrosa,
Donde ni sobra punto ni le falta,

El curioso don JUAN DE OQUINA en prosa
La puso, y dio a la estampa para gloria
De nuestra edad, por esto venturosa.

Ni en fabulosa, o verdadera historia
Se halla que otras fiestas hayan sido,
Ni puedan ser más dignas de memoria.

Desde allí, y no sé como, fui traído
Adonde vi al gran duque de PASTRANA
Mil parabienes dar de bien venido:

Y que la fama en la verdad ufana
Contaba que agradó con su presencia,
Y con su cortesía sobrehumana:

Que fue nuevo Alejandro en la excelencia

Del dar, que satisfizo a todo cuanto
Puede mostrar real magnificencia:

Colmó de admiración, llenó de espanto.
Entré en Madrid en traje de romero,
Que es granjería el parecer ser santo.

Y desde lejos me quitó el sombrero
El famoso ACEVEDO, y dijo: a Dio,
Voi siate il ben venuto, cabaliero;

So parlar Zenoese, & Tusco anchio.
Y respondí: la vostra signoria
Sia la ben trovata, patrón mío.

Topé a LUIS VÉLEZ, lustre y alegría,
Y discreción del trato cortesano,
Y abracéle en la calle a medio día.

El pecho, el alma, el corazón, la mano
Di a PEDRO DE MORALES y un abrazo,
Y alegre recibí a JUSTINIANO.

Al volver de una esquina sentí un brazo
Que el cuello me ceñía, miré cuyo,
Y más que gusto me causó embarazo:

Por ser uno de aquellos (no rehuyo
Decirlo) que al contrario se pasaron,
Llevados del cobarde intento suyo.

Otros dos al del Layo se llegaron,

Y con la risa falsa del conejo,
Y con muchas zalemas me hablaron.

Yo socarrón, yo poetón ya viejo
Volviles a lo tierno las saludes,
Sin mostrar mal talante, o sobrecejo.

No dudes, o lector caro, no dudes,
Sino que suele el disimulo a veces
Servir de aumento a las demás virtudes.

Dínoslo tú, David, que aunque pareces
Loco en poder de Aquis, de tu cordura,
Fingiendo el loco, la grandeza ofreces.

Dejélos esperando coyuntura
Y ocasión más secreta para dalles
Vejamen de su miedo, o su locura.

Si encontraba poetas por las calles,
Me ponía a pensar, si eran de aquellos
Huidos, y pasaba sin hablalles.

Poníanseme yertos los cabellos
De temor no encontrase algún poeta,
De tantos que no pude conocellos;

Que con puñal buido, o con secreta
Almarada me hiciese un abugero
Que fuese al corazón por vía reta.

Aunque no es este el premio que yo espero

De la fama, que a tantos he adquirido
Con alma grata, y corazón sincero.

Un cierto mancebito cuellierguido,
En profesión poeta, y en el traje
A mil leguas por Godo conocido:

Lleno de presunción y de coraje
Me dijo: bien sé yo, señor Cervantes,
Que puedo ser poeta, aunque soy paje.

Cargastes de poetas ignorantes,
Y dejastesme a mí, que ver deseo
Del Parnaso las fuentes elegantes.

Que caducáis sin duda alguna creo:
Creo, no digo bien: mejor diría
Que toco esta verdad, y que la veo.

Otro, que al parecer de argentería,
De nácar, de cristal, de perlas y oro
Sus infinitos versos componía,
Me dijo bravo, cual corrido toro:

No sé yo para que nadie me puso
En lista con tan bárbaro decoro.

Así el discreto Apolo lo dispuso,
A los dos respondí, y en este hecho
De ignorancia o malicia no me acuso.

Fuime con esto, y lleno de despecho

Busqué mi antigua y lóbrega posada,
Y arrojéme molido sobre el lecho:

Que cansa cuando es larga una jornada.

ADJUNTA «AL PARNASO»

Algunos días estuve reparándome de tan largo viaje, al
cabo de los cuales salí a ver y a ser visto, y a recibir parabienes de mis amigos, y malas vistas de mis enemigos, que
puesto que pienso que no tengo ninguno, todavía no me
aseguro de la común suerte. Sucedió pues que saliendo una
mañana del monasterio de Atocha, se llegó a mí un mancebo al parecer de veinte y cuatro años, poco más o menos,
todo limpio, todo aseado y todo crujiendo gorgoranes, pero
con un cuello tan grande y tan almidonado, que creí que
para llevarle fueran menester los hombros de otro Adlante.
Hijos deste cuello eran dos puños chatos, que comenzando
de las muñecas, subían y trepaban por las canillas del brazo
arriba, que parecía que iban a dar asalto a las barbas. No
he visto yo yedra tan codiciosa de subir desde el pie de la
muralla donde se arrima, hasta las almenas, como el ahínco
que llevaban estos puños a ir a darse de puñadas con los
codos. Finalmente la exorbitancia del cuello y puños era tal,
que en el cuello se escondía y sepultaba el rostro, y en los
puños los brazos. Digo pues que el tal mancebo se llegó a
mí, y con voz grave y reposada me dijo: es por ventura vm.
el señor Miguel de Cervantes Saavedra, el que ha pocos días
que vino del Parnaso? A esta pregunta creo sin duda, que
perdí la color del rostro, porque en un instante imaginé y
dije entre mí: si es este alguno de los poetas que puse, o dejé
de poner en mi Viaje, y viene ahora a darme el pago que él
se imagina se me debe? Pero sacando fuerzas de flaqueza, le

respondí: yo, señor, soy el mismo que vm. dice: qué es lo que se me manda? El luego en oyendo esto, abrió los brazos, y me los echó al cuello, y sin duda me besara en la frente, si la grandeza del cuello no lo impidiera, y díjome: vm. señor Cervantes, me tenga por su servidor y por su amigo, porque ha muchos días que le soy muy aficionado así por sus obras, como por la fama de su apacible condición. Oyendo lo cual respiré, y los espíritus que andaban alborotados se sosegaron: y abrazándole yo también con recato de no ajarle el cuello, le dije: yo no conozco a vm. sino es para servirle; pero por las muestras bien se me trasluce que vm. es muy discreto y muy principal: calidades que obligan a tener en veneración a la persona que las tiene. Con estas pasamos otras corteses razones, y anduvieron por alto los ofrecimientos, y de lance en lance me dijo: vm. sabrá, señor Cervantes, que yo por la gracia de Apolo soy poeta, o a lo menos deseo serlo, y mi nombre es Pancracio de Roncesvalles. «Miguel». Nunca tal creyera, si vm. no me lo hubiera dicho por su misma boca. «Pancracio». Pues ¿por qué no lo creyera vm?

Miguel: Porque los poetas por maravilla andan tan atildados como vm. y es la causa, que como son de ingenio tan altaneros y remontados, antes atienden a las cosas del espíritu, que a las del cuerpo. Yo, señor, dijo él, soy mozo, soy rico, y soy enamorado: partes que deshacen en mí la flojedad que infunde la poesía: por la mocedad tengo brío; con la riqueza con que mostrarle: y con el amor con que no parecer descuidado. Las tres partes del camino, le dije yo, se tiene vm. andadas para llegar a ser buen poeta.

Pancracio: ¿Cúales son?

Miguel:	La de la riqueza y la del amor. Porque los partos de los ingenios de la persona rica y enamorada son asombros de la avaricia, y estímulos de la liberalidad, y en el poeta pobre la mitad de sus divinos partos y pensamientos se los llevan los cuidados de buscar el ordinario sustento. Pero dígame vm. por su vida: ¿de qué suerte de menestra poética gasta o gusta más? A lo que respondió: no entiendo eso de menestra poética.
Miguel:	Quiero decir que ¿a qué genero de poesía es vm. más inclinado?, ¿al lírico, al heroico, o al cómico? A todos estilos me amaño, respondió él; pero en el que más me ocupo, es en el cómico.
Miguel:	Desa manera habrá vm. compuesto algunas comedias.
Pancracio:	Muchas, pero solo una se ha representado.
Miguel:	¿Pareció bien?
Pancracio:	Al vulgo no.
Miguel:	¿Y a los discretos?
Pancracio:	Tampoco.
Miguel:	¿La causa?
Pancracio:	La causa fue, que la achacaron que era larga en los razonamientos, no muy pura en los versos, y desmayada en la invención. Tachas son estas, respondí yo, que pu-

dieran hacer parecer mal a las del mismo Plauto. Y más, dijo él, que no pudieron juzgalla, porque no la dejaron acabar según la gritaron. Con todo esto la echó el autor para otro día: pero porfiar, que porfiar: cinco personas vinieron apenas. Créame vm. dije yo, que las comedias tienen días, como algunas mujeres hermosas: y que esto de acertarlas bien, va tanto en la ventura, como en el ingenio: comedia he visto yo apedreada en Madrid, que la han laureado en Toledo: y no por esta primer desgracia deje vm. de proseguir en componerlas, que podrá ser que cuando menos lo piense, acierte con alguna que le dé crédito y dineros. De los dineros no hago caso, respondió él; más preciaría la fama, que cuanto hay: porque es cosa de grandísimo gusto, y de no menos importancia ver salir mucha gente de la comedia, todos contentos, y estar el poeta que la compuso a la puerta del teatro, recibiendo parabienes de todos. Sus descuentos tienen esas alegrías, le dije yo, que tal vez suele ser la comedia tan pésima, que no hay quien alce los ojos a mirar al poeta, ni aun él para cuatro calles del coliseo, ni aun los alzan los que la recitaron, avergonzados y corridos de haberse engañado y escogidola por buena. Y vm. señor Cervantes, dijo él, ¿ha sido aficionado a la carátula?, ¿ha compuesto alguna comedia? Sí, dije yo: muchas, y a no ser mías, me parecieran dignas de alabanza, como lo fueron: «Los Tratos de Argel: La Numancia: La gran Turquesca: La Batalla Naval: La Jerusalén: La Amaranta o La del Mayo: El Bosque amoroso: La Única y la bizarra Arsinda», y otras muchas de que no me acuerdo; mas la que yo más estimo, y de la que más me precio, fue y es, de una llamada «La Confusa», la cual, con paz sea dicho de cuantas comedias de capa y espada hasta hoy se han representado, bien puede tener lugar señalado por buena entre las mejores.

Pancracio: ¿Y agora tiene vm. algunas?

Miguel: Seis tengo con otros seis entremeses.

Pancracio: Pues ¿por qué no se representan?

Miguel: Porque ni los autores me buscan, ni yo les voy a buscar a ellos.

Pancracio: No deben de saber que vm. las tiene.

Miguel: Sí saben, pero como tienen sus poetas paniaguados, y les va bien con ellos, no buscan pan de trastrigo; pero yo pienso darlas a la estampa, para que se vea de espacio lo que pasa aprisa, y se disimula, o no se entiende cuando las representan; y las comedias tienen sus sazones y tiempos coma los cantares. aquí llegábamos con nuestra plática, cuando Pancracio puso la mano en el seno, y sacó dél una carta con su cubierta, y besándola, me la puso en la mano: leí el sobrescrito y vi que decía desta manera. A Miguel de Cervantes Saavedra, en la calle de las Huertas, frontero de las casas donde solía vivir el Príncipe de Marruecos, en Madrid. Al porte: medio real, digo diecisiete maravedís. Escandalizome el porte, y de la declaración del medio real, digo diez y siete. Y volviéndosela le dije: estando yo en Valladolid llevaron una carta a mi casa para mí, con un real de porte: recibióla y pagó el porte una sobrina mía, que nunca ella le pagara; pero dióme por disculpa, que muchas veces me havia oído decir que en tres cosas era bien gastado el dinero: en dar limosna, en pagar al buen medico, y en el porte de las cartas ora sean de amigos, o de enemigos, que las de los amigos avisan, y de las de los enemigos se puede tomar algún indicio de sus pensamientos. Diéronmela, y venía en ella un soneto malo, desmayado, sin garbo, ni agudeza alguna, diciendo mal del Don Quijote, y de lo que me pesó, fue del real, y propuse desde entonces de no tomar carta con porte: así que, si vm. le quiere llevar desta, bien se la puede volver, que yo sé que no me puede importar tanto como el medio real que se me pide. Riose muy de gana el señor Roncesvalles, y dijome: aunque soy poeta, no soy tan mísero que me aficionen diez y siete maravedís. Advierta vm. señor Cervantes, que esta carta por lo menos es del mismo Apolo: él la escribió no ha veinte días en el Parnaso, y me la dio para que a vm. la diese. vm. la lea, que yo sé que le ha de dar gusto. Haré lo que vm. me manda, respondí yo: pero quiero que antes de leerla, vm. me le haga de decirme, como, cuando, y a qué fue al Parnaso? Y él respondió: como fui, fue por mar, y en una fragata que yo y otros diez poetas fletamos en Bercelona: cuando fui, fue seis días después de la batalla que se dio entre los buenos y los malos poetas: a que fui, fue a hallarme en ella por obligarme a ello la profesión mía. A buen seguro, dije yo, que fueron vms. bien recibidos del señor Apolo.

Pancracio: Sí fuimos, aunque le hallamos muy ocupado a él, y a las señoras Pierides, arando y sembrando de sal todo aquel termino del campo donde se dio la batalla. Pregúntele para qué se hacia aquello, y respondióme, que así como de los dientes de la serpiente de Cadmo habían nacido hombres armados, y de cada cabeza cortada de la Hidra que mató Hércules, habían renacido otras siete, y de las gotas de la sangre de la cabeza de Medusa se havia llenado de serpientes toda la Libia; de la mesma manera de la sangre podrida de los malos poetas que en aquel sitio habían sido muertos, comenzaban a nacer del tamaño de ratones otros poetillas rateros, que llevaban camino de henchir toda la tierra de aquella mala simiente, y que por esto se araba aquel lugar, y se sembraba de sal, como si fuera casa de traidores. En oyendo esto, abrí luego la carta, y vi que decía.

Apolo délfico a Miguel de Cervantes Saavedra

SALUD

El señor Pancracio de Roncesvalles, llevador desta, dirá a Vm. señor Miguel de Cervantes, en qué me halló ocupado el día que llegó a verme con sus amigos. Y yo digo, que estoy muy quejoso de la descortesía que conmigo se usó en partirse vm. deste monte sin despedirse de mí, ni de mis hijas, sabiendo cuanto le soy aficionado, y las musas por el consiguiente; pero si se me da por disculpa que le llevó el deseo de ver a su Mecenas el gran conde de Lemos en las fiestas famosas de Nápoles, yo la acepto y le perdono.

Después que Vm. partió deste lugar, me han sucedido muchas desgracias, y me he visto en grandes aprietos, especialmente por consumir y acabar los poetas que iban naciendo de la sangre de los malos que aquí murieron, aunque ya, gracias al cielo y a mi industria, este daño está remediado.

No sé si del ruido de la batalla, o del vapor que arrojó de sí la tierra, empapada en la sangre de los contrarios, me han dado unos vaguidos de cabeza, que verdaderamente me tienen como tonto, y no acierto a escribir cosa que sea de gusto, ni de provecho: así, si vm. viere por allá que algunos poetas, aunque sean de los más famosos, escriben y componen impertinencias y cosas de poco fruto, no los culpe, ni los tenga en menos, sino que disimule con ellos; que pues yo que soy el padre y el inventor de la poesía, deliro y parezco mentecato, no es mucho que lo parezcan ellos.

Envío a Vm. unos privilegios, ordenanzas y advertimientos, tocantes a los poetas: Vm. los haga guardar y cumplir al pie de la letra, que para todo ello doy a Vm. mi poder cumplido cuanto de derecho se requiere.

Entre los poetas que aquí vinieron con el señor Pancracio de Roncesvalles, se quejaron algunos de que no iban en la lista de los que Mercurio llevó a España, y que así Vm. no los había puesto en su Viaje. Yo les dije, que la culpa era mía y no de Vm. pero que el remedio deste daño estaba en que procurasen ellos ser famosos por sus obras, que ellas por sí mismas les darían fama y claro renombre, sin andar mendigando ajenas alabanzas.

De mano en mano, si se ofreciere ocasión de mensajero, iré enviando más privilegios, y avisando de lo que en este monte pasare. Vm. haga lo mismo, avisándome de su salud, y de la de todos los amigos.

Al famoso Vicente Espinel dará vm. mis encomiendas, como a uno de los más antiguos y verdaderos amigos que yo tengo.

Si don Francisco de Quevedo no hubiere partido para venir a Sicilia, donde le esperan, toquele vm. la mano, y dígale que no deje de llegar a verme, pues estaremos tan cerca; que cuando aquí vino, por la subita partida no tuve lugar de hablarle.

Si vm. encontrare por allá algún tránsfuga de los veinte que se pasaron al bando contrario, no les diga nada, ni los aflija, que harta mala ventura tienen, pues son como demonios, que se llevan la pena y la confusión con ellos mismos, do quiera que vayan.

Vm. tenga cuenta con su salud, y mire por sí, y guárdese de mí, especialmente en los caniculares, que aunque le soy amigo, en tales días no va en mi mano, ni miro en obligaciones, ni en amistades.

Al señor Pancracio de Roncesvalles téngale vm. por amigo, y comuníquelo; y pues es rico no se le dé nada que sea mal poeta. Y con esto nuestro señor guarde a vm. como puede y yo deseo. Del Parnaso a 22. de Julio, el día que me calzo las espuelas para subirme sobre la Canícula, 1614.

Servidor de Vm.

«Apolo Lucido»

En acabando la Carta, vi que en un papel aparte venía escrito.

«PRIVILEGIOS, ORDENANZAS, y advertencias, que Apolo envía a los poetas Españoles.»

Es el primero, que algunos poetas sean conocidos tanto por el desaliño de sus personas, como por la fama de sus versos.

Ítem, que si algún poeta dijere que es pobre, sea luego creído por su simple palabra, sin otro juramento o averiguación alguna.

Ordenase, que todo poeta sea de blanda y de suave condición, y que no mire en puntos, aunque los traiga sueltos en sus medias.

Ítem, que si algún poeta llegare a casa de algún su amigo o conocido, y estuviere comiendo y le convidare, que aunque él jure que ya ha comido, no se le crea en ninguna manera, sino que le hagan comer por fuerza, que en tal caso no se le hará muy grande.

Ítem, que el más pobre poeta del mundo, como no sea de los Adanes y Matusalenes, pueda decir que es enamorado, aunque no lo esté, y poner el nombre a su dama como más le viniere a cuento, ora llamándola Amarili, ora Anarda, ora Clori, ora Filis, ora Filida, o ya Juana Téllez, o como más gustare, sin que desto se le pueda pedir ni pida razón alguna.

Ítem, se ordena que todo poeta de cualquier calidad y condición que sea, sea tenido y le tengan por hijodalgo en razón del generoso ejercicio en que se ocupa, como son tenidos por cristianos viejos los niños que llaman de la piedra.

Ítem, se advierte que ningún poeta sea osado de escribir versos en alabanzas de príncipes y señores, por ser mi intención y advertida voluntad, que la lisonja ni la adulación no atraviesen los umbrales de mi casa.

Ítem, que todo poeta cómico, que felizmente hubiere sacado a luz tres comedias, pueda entrar sin pagar en los teatros, si ya no fuere la limosna de la segunda puerta, y aun esta, si pudiese ser, la excuse.

Ítem, se advierte que si algún poeta quisiere dar a la estampa algún libro que él hubiere compuesto, no se dé a entender que por dirigirle a algún Monarca, el tal libro ha de ser estimado, porque si él no es bueno, no le adobará la dirección, aunque sea hecha al prior de Guadalupe.

Ítem, se advierte que todo poeta no se desprecie de decir que lo es, que si fuere bueno, será digno de alabanza, y si malo, no faltará quien lo alabe, que cuando nace la escoba &c.

Ítem, que todo buen poeta pueda disponer de mí, y de lo que hay en el cielo a su beneplácito: conviene a saber, que los rayos de mi cabellera los pueda trasladar y aplicar a los cabellos de su dama, y hacer dos soles sus ojos, que conmigo serán tres, y así andará el mundo más alumbrado; y de las estrellas, signos y planetas puede servirse de modo, que cuando menos lo piense, la tenga hecha una esfera celeste.

Ítem, que todo poeta a quien sus versos le hubieren dado a entender que lo es, se estime y tenga en mucho, ateniéndose a aquel refrán: ruin sea el que por ruin se tiene.

Ítem, se ordena que ningún poeta grave haga corrillo en lugares públicos, recitando sus versos, que los que son buenos en las aulas de Atenas se habían de recitar, que no en las plazas.

Ítem, se da por aviso particular que si alguna madre tuviere hijos pequeñuelos, traviesos y llorones, los pueda amenazar y espantar con el coco, diciéndoles: guardaos, niños, que viene el poeta fulano, que os echará con sus malos versos en la sima de Cabra, o en el pozo Airon.

Ítem, que los días de ayuno no se entienda que los ha quebrantado el poeta que aquella mañana se ha comido las uñas al hacer de sus versos.

Ítem, se ordena que todo poeta que diere en ser espadachín, valentón y arrojado, por aquella parte de la valentía se le desagüe y vaya la fama que podía alcanzar por sus buenos versos.

Ítem, se advierte que no ha de ser tenido por ladrón el poeta que hurtare algún verso ajeno, y le encajare entre los suyos, como no sea todo el concepto y toda la copla entera, que en tal caso tan ladrón es como Caco.

Ítem, que todo buen poeta, aunque no haya compuesto poema heroico, ni sacado al teatro del mundo obras grandes, con cualesquiera aunque sean pocas pueda alcanzar renombre de Divino, como le alcanzaron Garci Laso de la Vega, Francisco de Figueroa, el capitán Francisco de Aldana, y Hernando de Herrera.

Ítem, se da aviso que si algún poeta fuere favorecido de algún príncipe, ni le visite a menudo, ni le pida nada, sino déjese llevar de la corriente de su ventura, que el que tiene providencia de sustentar las sabandijas de la tierra y los gusarapos del agua, la tendrá de alimentar a un poeta por sabandija que sea.

En suma, estos fueron los privilegios, advertencias y ordenanzas que Apolo me envió, y el señor Pancracio de Roncesvalles me trujo, con quien quede en mucha amistad, y los dos quedamos de concierto de despachar un propio con la respuesta al señor Apolo, con las nuevas desta Corte. Darase noticia del día para que todos sus aficionados le escriban.

Libros a la carta

A la carta es un servicio especializado para
empresas,
librerías,
bibliotecas,
editoriales
y centros de enseñanza;
y permite confeccionar libros que, por su formato y concepción, sirven a los propósitos más específicos de estas instituciones.

Las empresas nos encargan ediciones personalizadas para marketing editorial o para regalos institucionales. Y los interesados solicitan, a título personal, ediciones antiguas, o no disponibles en el mercado; y las acompañan con notas y comentarios críticos.

Las ediciones tienen como apoyo un libro de estilo con todo tipo de referencias sobre los criterios de tratamiento tipográfico aplicados a nuestros libros que puede ser consultado en Linkgua-ediciones.com.

Linkgua edita por encargo diferentes versiones de una misma obra con distintos tratamientos ortotipográficos (actualizaciones de carácter divulgativo de un clásico, o versiones estrictamente fieles a la edición original de referencia).

Este servicio de ediciones a la carta le permitirá, si usted se dedica a la enseñanza, tener una forma de hacer pública su interpretación de un texto y, sobre una versión digitalizada «base», usted podrá introducir interpretaciones del texto fuente. Es un tópico que los profesores denuncien en clase los desmanes de una edición, o vayan comentando errores de interpretación de un texto y esta es una solución útil a esa necesidad del mundo académico.

Asimismo publicamos de manera sistemática, en un mismo catálogo, tesis doctorales y actas de congresos académicos, que son distribuidas a través de nuestra Web.

El servicio de «libros a la carta» funciona de dos formas.

1. Tenemos un fondo de libros digitalizados que usted puede personalizar en tiradas de al menos cinco ejemplares. Estas personalizaciones pueden ser de todo tipo: añadir notas de clase para uso de un grupo de estudiantes, introducir logos corporativos para uso con fines de marketing empresarial, etc. etc.

2. Buscamos libros descatalogados de otras editoriales y los reeditamos en tiradas cortas a petición de un cliente.